Arsène Lupin 亞森・羅蘋冒險系列 13

La Femme aux deux sourires

兩種微笑的女人

莫里斯・盧布朗／著
高杰／譯

好讀出版

紅顏多嬌，英雄折腰

——談《兩種微笑的女人》

推理作家　既晴

本書《兩種微笑的女人》（La Femme aux deux sourires）出版於一九三三年，是羅蘋探案系列的第十二部長篇小說。故事描述一位才華洋溢的女歌手伊莉莎白・奧爾南（Élisabeth Hornain）參加了沃爾尼克莊園（château de Volnic）的宴會，不料卻在歌唱表演時被殺身亡，而且身上的項鍊也不翼而飛，探長葛傑瑞（Gorgeret）偵辦此案，卻遲遲找不到眞凶，成爲懸案。

沃爾尼克莊園因爲發生凶案，就此荒廢。經過了十五年，突然有一位美麗的妙齡女子來到尚・埃爾勒蒙侯爵（Jean d'Erlemont）的住處。這位侯爵曾愛慕過伊莉莎白，如今靠收租維生；但這位女子卻被葛傑瑞跟蹤，因爲她其實是一名惡棍的情婦。然而，女子偶然與住在侯爵家的房客勞爾

（Raoul）相遇，勞爾對她一見傾心，發現她被警方糾纏，當下決定出手相助。

熟悉羅蘋探案系列的讀者，對上述情節的安排想必毫不陌生。氣勢宏偉的古老莊園、不可思議的無解懸案、正邪難辨的神祕美女、見義勇爲的癡情男子……全都是羅蘋探案的標準元素。更何況，「勞爾」根本就是羅蘋在年輕時代的本名，依照不同場合，也搭配過各種姓氏，羅蘋的突然出現，就令人更加好奇他介入案件的理由了。

故事的前段有一場莊園拍賣會的情節，羅蘋在會場中使用了堂・路易・佩雷納（Don Luis Perena）之名。佩雷納是羅蘋在《８１３之謎》（813，1910）投崖僞裝自殺以後，在旅居非洲期間開始使用的假名，到《虎牙》（Les Dents du tigre，1920）一案解決，羅蘋才回到法國定居。若是以此爲立論基礎，本故事發生的時間點，即可視爲是在第一次世界大戰結束後，屬於羅蘋中年時期的案件。

不過，關於本故事的時間點還有第二種說法，是從故事裡提到的日期對照萬年曆，推算盧布朗所設想的年份。如果是以這種方式計算，會發現本故事應該落在《奇巖城》（L'Aiguille creuse，1909）與《８１３之謎》之間的冒險空白期。然而，這段時間的羅蘋表面上銷聲匿跡，實際上則進入巴黎警察總局工作，更逐步晉升爲局長，另一方面還以私家偵探吉姆・巴內特（Jim Barnett）爲名義從事各種活動。因此，與本作中羅蘋從不避諱談及眞實名號之言行，似有矛盾。

還有第三種說法是，本故事的時間點發生在《奇巖城》前，意即怪盜羅蘋的活躍時期。若對照羅蘋的行竊活動，尚稱合理，但《名偵探羅蘋》（L'Agence Barnett et Cie.，1928）與《奇怪的屋子》（La Demeure mystérieuse，1929）確定是發生在與本作相近之時，如此一來這些案件也全都必須放在《奇巖城》之前了。據考證，《奇巖城》發生的時間點在一九○八年間，但羅蘋出生於一八七四年，也就是說，《奇巖城》時的羅蘋是三十四歲；但在本作中，羅蘋又自稱當時已三十五、六歲，因此此處又發生了矛盾。

綜合上述的分析，會發現《兩種微笑的女人》中關於故事年代的定位，無論怎麼設想都會出現問題。事實上，在羅蘋探案系列的晚期作品裡，由於作者盧布朗年事已高（寫作此書時，已經將近七十歲），記憶力逐漸衰退，因此在安排故事的時間上，出現矛盾、混亂的情況也愈來愈多，只好不去深究了。

在此，我傾向採用第二種說法，讓本作的時間點落在羅蘋於兩大冒險之間的空白期。此一時期的羅蘋，沉潛蟄居於巴黎中，改名換姓、低調行事，所作所爲均不希望引起大型騷動，因此，諸多小巧玲瓏的案件多發生於此時。所以，這段時間的案件，不會出現像早期作品那種肉搏鬥力、生死一線的動作場面，羅蘋更多的才能是發揮在穿針引線、運籌帷幄這些方面，他十分擅長製造優勢以達成目標。

另外，羅蘋的浪漫天性，在本作中也展露無遺。神祕女子金髮克蕊拉（Clara la blonde）來歷不明，又因被警方視爲命案的重要關係人而遭追捕，但羅蘋竟僅見其天眞無邪的笑容，隨即認定她的無辜；爲再博得佳人一笑，而決定協助她，甚至願意爲她放棄一切。同時之間，羅蘋正與另一位女性交往，我們從電話裡的通話似乎可以聽出，對方似乎是某個王國的王后，顯然這是一場不見容於世的不倫之戀。然而，爲了克蕊拉，羅蘋甚至藉故拖延、謊言連篇，只求稍微安撫王后的情緒。

這樣的作爲已超乎邏輯的判斷、理性的選擇，而是出於一種直覺、一種迷戀；但是在另一方面，羅蘋卻也並未完全相信這名神祕女子，他觀察她的舉止、推測她的動機、探查她的背景，又令人不得不驚訝於羅蘋的城府之深。他既臣服於她的美貌，又對她保留一種控制慾，如此衝突而立體的性格描寫，應爲本作最可觀之處。

本作的情節發展，在案情稍見明朗之後，即刻發展成多路人馬各出奇招的大競鬥。羅蘋爲了照顧克蕊拉的安危，一方面必須與葛傑瑞合作，協助尋找十五年前莊園命案的主嫌犯；另一方面，還得跟克蕊拉鬥智，在揭露莊園祕密的同時，亦對她保持戒備。本書的女主人翁克蕊拉，可能是羅蘋探案系列裡最讓羅蘋無法理解的女子，在她純粹、迷魅的笑容底下，似乎擁有兩種不同的人格，她一會兒嚴正地拒絕羅蘋、一下子又祈求他的保護，令羅蘋魂牽夢縈，無法自拔。

不過，讀完《兩種微笑的女人》以後，我認爲最讓人佩服的恐怕還是作者盧布朗本人了。在這個探案系列逐漸接近落幕的階段裡，故事裡的羅蘋依然青春洋溢、活力不減，盡情享受著男歡女愛、冒險犯難的遊戲人生。位居幕後、擔任主使者的盧布朗，恐怕才是眞正的不老愛神吧。

無限延伸的浪漫主義

推理作家　寵物先生

十五年前，女歌手伊莉莎白受邀到沃爾尼克莊園，於即興演唱時在眾目睽睽下離奇死亡，身上配戴的珠寶也不翼而飛。十五年後，城堡的新主人尚・埃爾勒蒙侯爵打算將莊園出售，此時一名金髮美女安東妮找上他，這位具有「鄉間女孩」與「謎樣女賊」兩種微笑的女子遇上了麻煩，成為紳士勞爾、匪頭「大塊頭保羅」與葛傑瑞探長三方爭奪的對象。爭奪戰進入白熱化的同時，過去案件的眞相也漸露曙光……

《兩種微笑的女人》是一九三二年的連載作品，羅蘋探案系列倒數第四部長篇小說。雖然時空是設定在《奇巖城》與《８１３之謎》兩樁冒險之間（作品中提及，羅蘋的年齡約三十五歲），但就創作年代來看，算是相當後期的作品了。

儘管後世對羅蘋長篇小說的評價，多半還是以前期作品較高，但《兩種微笑的女人》還是在不少推理迷（甚至是解謎愛好者）的記憶中占有一席之地。原因無他，自然是開頭那椿引人好奇的女歌手猝死案，背後的眞相如此令人驚愕，讓讀者印象深刻。有不少讀者認爲眞相相當誇張，甚至無法理解盧布朗爲何這麼寫。當然，以現今推理小說千奇百怪的手法來看，許多人應該見怪不怪了，但就當時的年代來說，算是頗爲前衛的設計。

很難說作者寫作時的想法是什麼，然而一系列的作品讀下來，是可以看出端倪的。我認爲羅蘋過去某些案件的構圖中，已或多或少表現出這種「誇張」的特質，這項特質說得更明確些，便是——「濃厚的浪漫主義」。

相較於謹愼、亦步亦趨的十九世紀末福爾摩斯，活躍於二十世紀初的羅蘋便顯得浪漫、天馬行空許多，他的冒險史中經常出現摩托車、潛水艇、熱氣球等（在當時被認爲是）新時代的產物，他要解決的謎團也往往極富幻想性，甚至有些類科幻的描寫。本作就出現了在當時尚未發明的「大門監視器」，一般認爲是英國人貝爾德在一九二〇年代後期所做的一系列電視傳訊實驗，由此啓發了盧布朗寫出這樣的「玩意兒」。這麼看來，會出現如此異想天開的命案眞相也就不奇怪了，說到底，那正是作者將羅蘋探案系列裡的浪漫主義，進行了最大限度的延展。

推理、冒險與戀愛，是羅蘋探案系列經常出現的三要素。盧布朗的年代尚處於推理小說的黎明期，必須要有機關與圈套，而好的設計會令讀者拍案叫絕，因此重在追求精巧、炫目。至於冒險，則首重緊張的節奏與令人屏息的刺激感，當讀者正要在下一秒稍稍舒緩，角色卻又採取意想不到的行動，這種連續的出人意表正是懸疑、冒險小說的精髓。而本作的懸疑核心人物，正如書名所示的那位女子，前一刻她還只是個衣著樸素、會因警察到來而慌張不已的鄉下女孩，不消多久又搖身一變，成了半夜潛入侯爵家，竊取私人文件的女賊！就是這份神祕感染了羅蘋，也迷惑了讀者。爾後上演三個團體的搶人大戰，全是圍繞著這名女子，此時盧布朗將小說的視點稍加分散，不僅敘述羅蘋，也敘述大塊頭保羅、警探葛傑瑞的思維與行動，你來我往的交鋒劇情，令讀者看了目不暇給。

推理、冒險這兩項元素既然均與羅蘋的個人特質息息相關，「戀愛」就更無庸置疑了。讀過羅蘋探案系列其他作品的人，想必都對他拈花惹草的功力印象深刻，有時是英雄救美，有時是協同犯罪，儘管一開始動機不同，但最後一定會將女孩子追到手。

在初期單一作品的形象裡，羅蘋的情感態度尙稱專一，儘管每換一個故事羅蘋就換一個交往對象，但那也是由於過去的女友與自己生離死別的緣故。然而到了《名偵探羅蘋》（L'Agence Barnett et Cie），這位彬彬有禮的怪盜紳士開始腳踏兩條、甚至三條船，在《古堡驚魂》（La Barre-y-va）中，更出現羅蘋與兩位女主角同時相戀，最後皆被甩的情節，而本作《兩種微笑的女人》雖是寫他的青年時代，卻已將其花花公子性格發揮得淋漓盡致。

除了他一心追求的女主角安東妮（克蕊拉），讀者會發現他不時打電話給一位名爲奧爾佳的女性，連哄帶騙地訴說甜言蜜語，而對方的身分竟是某國王后！換句話說，羅蘋一邊進行不倫戀的危險遊戲，一邊追求著其他女性。故事中段羅蘋受制於葛傑瑞時，反擊手段也是綁架他那有些風流的老婆，兩人共度美好的一晚……（咦，這模式好像也在《813之謎》出現過？）若再加上他電話中僅提及名字的那些「女性友人」，以他在本作中的男女關係，眞可喻爲法國版唐璜無疑。

這樣豔福不淺的大情聖，代表法國人多情的民族性嗎？或只是盧布朗晚年爲滿足私欲所寫？雖然都有可能，但我想從另一個角度去解釋——過往作品該有的羅蘋探案三要素，《兩種微笑的女人》也都有，若「誇張的眞相」與「曲折的交鋒」代表的分別是推理、冒險的極致，那麼「氾濫的男女關係」代表的就是戀愛的極致吧？將這三個要素往地平線全力延伸，就成了你我所見的風貌。而我們的主角——這麼一個機靈、勇敢，卻又十足痞樣的怪盜紳士，就站在這三條線的相交位置。對讀者而言，亞森．羅蘋正是這麼一個人物，自由奔放，風流卻濫情，是浪漫主義的化身。

附帶一提，法國曾於一九七一、一九七三這兩年製作一系列的羅蘋影集，由喬治．戴庫利耶（Georges Descrières）主演，前八集曾代理至臺灣。本書的改編劇「雙面女人」正好就是第八集，舞臺移至羅馬，角色也改爲義大利人名，劇情走向大致依照原作，但更爲緊湊，增加了不少動作場景，最重要的女歌手死亡眞相則改成較合理、符合現實的版本，有興趣的讀者不妨可找來看看。

contents 目錄

chapter 1

序幕：奇怪的傷口

關於這場跌宕起伏的悲劇，從頭到尾，連同序幕及交代眞相的微小細節，只需短短幾頁文字便可完成敘述。

事情發生得很自然，事前毫無徵兆，就像暴風雨來臨前，天氣出奇得平靜一般，沒有半點風吹草動。沒有人隱約感到一絲不安，在場的人毫無心理準備，以至於當悲劇在重重迷霧包圍下發生之時，所有人都感到錯愕不已。

故事是這樣的——朱維爾夫婦在奧維涅鄉間有幢度假別墅，名爲沃爾尼克莊園，距離維琪僅十二公里之遙。那是一座帶有角塔的偌大古堡，屋頂上鱗次櫛比地鋪著美麗的紅磚瓦。一天，朱維爾夫婦特地前往維琪觀看伊莉莎白・奧爾南的音樂會，他們與這位才華出眾的女歌手是故交，在她還未與銀行家奧爾南先生離婚之前，他們就認識了。演出結束後，朱維爾夫人臨時起意，邀請伊莉莎白和一同聆聽音樂會的其他幾位朋友，翌日（也就是八月十三日）到自家的沃爾尼克莊園作客，在那裡一塊兒用午餐。

午餐非常愉快，主人不僅招待周到，善於帶動氣氛，很懂得撥動人的情緒，這令朱維爾的八位客人個個興致勃勃，感到十分快意。八人當中，三對是年輕夫妻，一位是退役將軍，另一位是尚·埃爾勒蒙侯爵，此人約四十來歲，出身貴族，氣質非凡，魅力無窮，任何女人只要見了他無不爲之傾心。

朱維爾夫婦無論是爲了逗大家開心，或爲了炫耀自己，他們盡情地和八位客人聊天，好不痛快。不一會兒，伊莉莎白·奧爾南到了，在場十個人的注意力便全都轉往她身上。只要伊莉莎白在場，人們便會不由自主地恭維打趣，或爲了博她一笑，或爲了吸引她的注意力。

然而這名才華橫溢的女歌手卻惜字如金，既不打算融入愉悅氣氛，也不見她炫耀自己，只是時不時說些應酬話，雖得體巧妙，卻並不幽默生動。但那又怎樣？反正她美得出塵，美貌可以代替一切。在她美貌的光芒下，她說出的話即便再深刻動聽，仍不免顯得黯淡。人們看見的只有她的美貌，她那雙湛藍色的眼睛，那片性感的唇，那方富有光澤的雙頰，和那張精緻的臉。在劇院裡也是一樣，就算她的嗓音再激越，她的演唱再熱切，人們仍本能地先被她的美貌所征服。

她總是身穿款式簡單的洋裝，畢竟她的衣著再講究，仍非大家的目光焦點。人們在乎的是她纖細的身軀，她優雅的動作，以及她優美的雙肩。今天也不例外，一襲簡單的長裙，令掛在她短上衣外的各式項鍊顯得錯落有致，紅綠珠寶、鑽飾圖案閃爍著耀眼的光。如果有人驚豔恭維，她便微笑，然後禮貌地說：

「這是演出時戴的，我承認它們看上去的確很像眞的。」

「我還以爲……」人們回答。

「是啊，我一開始也是……大家都以爲是眞的呢……」她打斷道。

午餐過後，尙・埃爾勒蒙侯爵想辦法將伊莉莎白叫離人群，和她單獨談天，而她雖表現出興趣，卻又顯得有些心不在焉。此時，其他賓客仍圍坐在女主人四周，朱維爾夫人顯然對兩人的離席不太高興。

「他是在浪費時間，」女主人斷言道，「我認識伊莉莎白這麼多年了，哪個追求者成功過？她就像一尊雕像，很美，卻無動於衷。哎，可憐的傢伙，就算他使出渾身解數……恐怕仍是癡心妄想。」

別墅巨大的影子籠罩著眾人端坐的露臺，露臺下方則是一大片規則式花園①，綠色草坪與黃沙小徑線條規整地在陽光下伸展，修剪整齊的紫杉圈住了花壇。遠處山丘上，古堡的斷垣殘壁，主塔、箭樓、高臺全都清晰可見，並且植滿月桂、黃楊、冬青等各色林木，小路在樹木夾蔭的掩映下一路蜿蜒直上。

整座莊園氣勢磅礡宏大，眾所周知，這片神奇古堡殘跡的後面就是懸崖絕壁，地勢陡峭凌空，更覺景色分外壯美。山丘背面，一道落差達五十公尺的峽谷環抱莊園的一側，激流從下面喧囂洶湧而過。

「多美的景致啊！」伊莉莎白感歎道，「想想舞臺上那些紙板布景，那些搖搖顫顫的假牆，還有剪紙剪出來的樹木……如果能在這裡演出就太好了。」

「伊莉莎白，如果您願意，當然可以在這裡唱歌啊！」朱維爾夫人鼓勵地說。

「這裡太空曠了，沒法收音。」

「如果是您唱一定可以，」尚・埃爾勒蒙恭維道，「一定會很好聽！您就唱吧……」

「不、不，」她推辭道，「我剛才實在不該那麼說，我會出醜的，聲音聽起來會很弱……」伊莉莎白盈盈地笑著，想找一些藉口推託。但眾人都圍繞著她，要她開唱，甚至再三請求。她根本拗不過大家，此時侯爵已拉起她的手，領她起身。

「來吧……我來爲您帶路。唱吧……能聽到您的歌聲是我們的榮幸！」

「好吧，您帶我到廢墟那邊去吧。」伊莉莎白躊躇片刻，最後只得答應。

說完，她便邁著沉穩的腳步，走出花園深處，步調如許優雅而有節奏，就像她一貫在舞臺上那樣。只見她穿過草坪，登上五級石階，來到別墅對面的露臺上。再往上，臺階開始變窄，階旁的圍欄則交錯裝飾著巨大的草編罐子或古董陶壺。左邊成排桃葉珊瑚樹沿階蜿蜒向上，她繞了過去，消失在灌木叢後，侯爵跟在後面。

過了一會兒，伊莉莎白從灌木叢中露出身體，繼續沿著陡峭的臺階向上爬，然而此時只剩她一人，尙・埃爾勒蒙侯爵已走回下方的花園。最後，她出現在更高的平臺上，這裡矗立著破敗的祭壇，只剩下三座哥德式拱門，深處橫出一堵爬滿長春藤的牆垣。

她停住腳步，站在土丘之上，湛藍的天空下，由花崗岩和滿眼綠意臨時圍起的舞臺，讓站在那裡的她身影顯得分外修長。只見她緩緩張開雙臂，唱了起來。

朱維爾夫婦和客人們全都聚精會神地細細聆聽，彷彿正在享受畢生難忘的天籟一般。莊園裡的僕人雇工、莊園外緊挨著圍牆的田中佃農，還有附近村子的十來個村民，也都不約而同聚攏在門口或灌木叢角落裡如癡如醉地聽著、看著。每個人都覺得這一刻美妙無比。

至於伊莉莎白唱的究竟是什麼歌曲，大家都不太清楚。只聽歌聲抑揚頓挫，時而低沉，時而磅礡，時而悲壯，卻沁人心脾，充滿活力和希望。然而，突然……（在此愼重聲明，當時周圍的環境絕對安全，絕不可能有人爲因素使她無法繼續演唱。）事情的發生就是這麼突然。雖然在場的人震驚程度各有不同，但大家一致確信，而且就像他們事後在各自的證言中陳述得那樣——事情來得毫無徵兆，猝不及防，就像炸彈爆炸，大家既無法事先察覺，更難以預料。

是的，災禍突然降臨了。歌聲戛然而止，接著，那尊在廢墟基座上唱歌的活雕像搖搖晃晃，倏地倒了下去，沒有一聲尖叫，也沒有任何反抗或掙扎。大家立刻確信，沒有掙扎、沒有彌留之際的痛苦呻吟，她肯定當場便斷了氣。

果然，當所有人趕到對面的廢墟時，伊莉莎白已經面色死灰，一動不動，了無生氣……是腦溢血，還是心臟病發作？不，都不是，只見鮮血從她的頸間汩汩擁出，已染遍了她袒露的肩頭。眾人一眼就看見她身上淌出的鮮血，同時也注意到異常，有人驚叫：「項鍊不見了！」

伊莉莎白的死亡調查於是立即展開。當時，這起案件著實牽動著全國民眾的心。不過，現在若要再回憶那些細節，也許未免覺得有些枯燥乏味。總之，調查毫無結果，過沒多久便草草收場。負責調查的法官和警探一開始即到處碰壁，最後亦證實一切努力都是枉然。他們都覺得查不出名堂，只能斷定應該是一樁搶劫殺人案，如此而已。

毫無疑問，這肯定是一樁凶殺案，雖然既沒找到凶器、彈片殘骸，也沒抓到凶手，但人人都深信不疑。四十二名目擊者當中，有五個肯定自己看到了一道亮光。至於發光的方位和地點，這五人卻說法不一，而剩下的三十七人則未有此發現。不過，四十二人之中有三人聲稱聽見了低悶的槍響，餘下的三十九人則說他們什麼也沒聽到。

但有一點可以確定，所有人都確信這起悲劇是一樁凶殺案，因爲致命傷口顯而易見。是的，這可怕的傷口清楚嵌在伊莉莎白左肩頭近脖頸處，看起來就像子彈碎片所留下的罪惡痕跡。可是若眞如此，射擊者就必須藏匿於比死者所在位置更高的地方，例如灌木叢裡，而且子彈應該會穿入屍體深處，並造成內傷，然而事實證明卻非如此。

這樣一來，這道鮮血直流的傷口應是由於鈍器重擊所致，像是錘子或棍棒。那又是誰用錘子或棍棒行凶呢？而他又是如何避開所有目擊者的視線呢？

還有，項鍊到哪裡去了？如果是殺人搶劫，凶手到底是誰？在女歌手倒下的瞬間，以及她倒在地上時，待在別墅最高一層樓窗邊看熱鬧的僕人，目光一直沒離開過伊莉莎白和祭壇，按理應該可以看見整個行凶過程；再說，如果有人在花園裡來回走動，在灌木叢中逃竄，沒命地奔跑，定會被圍牆外的佃農和村民撞見……此外，廢墟下面就是懸崖絕壁，凶手絕不可能從那裡逃走……這樣一來，他又是如何奇蹟般脫身呢？莫非他一直都躲在長春藤底下，抑或藏在哪個洞穴裡？然而，警方搜索了兩個星期，甚至從巴黎請來一名年輕有為的探長幫忙查案。此人名叫葛傑瑞，雄心勃勃，頑強執著，曾偵破很多重大案件。但就算請來了這名神探，調查仍然毫無進展，於是案子就此擱置。葛傑瑞極為不快，決心無論如何也要偵破此案，絕不半途而廢。

朱維爾夫婦則被嚇得不輕，當即宣布離開沃爾尼克莊園，再也不回來這裡，莊園附家具，將原封不動掛牌出售。事情發生六個月後，莊園終於賣了出去。至於買主是誰，人們不得而知。整樁買賣全委託律師奧迪加祕密談成。

先前的所有僕人、佃農、園丁統統被打發走，只留一個上了年紀的看門人照看莊園。看門夫婦就此搬進莊園大門上方的角塔住下。此人名叫勒巴東，之前是個警察，辦事可靠，退休後無事可做便應下了這份差事。

村裡的人總試圖從他嘴裡套出一點什麼內情，卻屢屢碰壁，好奇心大大受挫。勒巴東就是這麼一絲不苟地執行自己的看守任務。接下來的日子裡，這裡人跡罕至，至多僅幾次有位先生會來。他容或每年來一次，每次來的時節都不同，而且都是晚間乘車抵達，在別墅裡過上一夜，待翌日天一黑便匆匆離開。也許他就是莊園的主人吧，應該是來向勒巴東交代事情的。可是這些都只是眾人的揣測罷了，無從確認。關於新任莊園主人的事，大家知道的也就這麼多了。

時光荏苒，退休警察勒巴東在守護莊園十一年後撒手人寰，留下他太太一人繼續住在大門上的角塔。她和自己的丈夫一樣話不多，對莊園發生過的事守口如瓶，未曾透露一句。不過，莊園裡真的發生過什麼嗎？

就這樣，又過了四年時光。

註譯：

①規則式花園，指的是花壇、草木、水池，甚或廊柱全都依照幾何圖形、對稱原則加以排列規畫的西式庭園，不僅賞心悅目，更帶有誇耀品味與財富的意味，最有名的當屬建於十七世紀的凡爾賽宮花園。

chapter 2 金髮克蕊拉

聖拉薩火車站，連接月臺與出站口的鐵柵欄之間，旅客如潮水般自動分成出發和到達兩股人流，急速朝各自的通道湧去。月臺上的圓形指示牌，搭配一動也不動的指針，指示著火車的目的地，驗票員正忙著打孔驗票。

有兩名男子卻顯得不慌不忙，他們在人群中信步走著，似乎與這熙攘的人流毫無關係。他們所操心的全然不是在人流中擁來擠去、進站或出站這等事。此二人一個是個胖子，驃悍強壯，面孔有如凶神惡煞。另一個則過於單薄，相形之下，顯得有些弱不禁風。但兩人都戴著圓頂禮帽，唇上都蓄著鬍子。

兩人走到出站口處停了下來，那裡站了四名站務員，月臺上方的牌子不見任何顯示，不見列車

行駛目的地。只見那瘦個子傢伙趨身向前，彬彬有禮地問道：「請問十五點四十七分的火車什麼時候到？」

「十五點四十七分。」站務員語帶不耐地回答。

「是從利索來的火車嗎？」驃壯男人聳聳肩，似乎為同伴問的蠢話感到難堪，接著問道。

「是，是三六八班次列車。」站務員回答，「十分鐘後到站。」

「不會誤點吧？」

「一分也不遲。」

於是，兩人走開了，找了根柱子倚在那兒等待。

三分鐘過去了……四分鐘……五分鐘。

「眞叫人心煩。」那壯漢抱怨道，「警察總局派來的人怎麼還沒到。」

「您這麼需要他們？」

「當然！他們要是不趕快送逮捕證來，我們該拿這女的怎麼辦？」

「也許警局派來的人正在找我們呢，說不定他不認識我們？」

「笨蛋！他當然不認識你佛拉蒙，但我可是探長葛傑瑞，從沃爾尼克莊園命案發生以來一直在進行調查的葛傑瑞，他不可能不認識！」

「沃爾尼克莊園的案子！那已經是上輩子的事吧，都過了十五年了。」那個叫佛拉蒙的傢伙好像有點被激怒，故意冷嘲熱諷地說道。

「那聖奧諾黑大街的搶案呢？還有我們設計逮捕大塊頭保羅的事，難道這些也是上輩子的事？連兩個月都還不到呢！」

「是啊，您是抓住了大塊頭保羅沒錯，可是後來還不是讓他跑了……」

「就因爲我之前表現出色，現在他們還不是得找我。瞧，委任令上不是寫得一清二楚？」說著，壯漢從口袋掏出一張證件，展開來給瘦子看。證件上寫著——

緊急！

巴黎警察總局委任令　六月四日

據悉，大塊頭保羅的情婦，外號「金髮克蕊拉」的女人，就在從利索駛來的三六八班次列車上，列車將於十五點四十七分到達。速派葛傑瑞探長前往抓捕，逮捕證將在列車抵達前送至聖拉薩火車站。

金髮克蕊拉外貌特徵如下——金色捲髮，藍眼睛，二十到二十五歲之間。貌美，衣著樸素，裝扮高雅。

「你瞧，警察總局這不是點名要我嗎？既然大塊頭保羅的案子是我辦的，那麼他情婦的案子自然也派給我。」

「您認得這女人嗎？」

「不太認得。我上次設計抓捕大塊頭保羅的時候，踹門進到他房裡時，這女人正好也在。可惜那天我不走運，當我用皮帶將大塊頭保羅捆起來的那幾分鐘裡，她就跳窗逃跑了。我趕緊出去追她，結果卻讓大塊頭保羅趁機溜了。」

「難道當時只有您一個人？」

「當時，加上我有三個人，但另外兩個都被大塊頭保羅打死了。」

「眞是個心狠手辣的傢伙！」

「還不是讓我捉到了！」

「我要是您，就算死也不會鬆手，絕不會放開他。」

「你要是我，就會像那兩名警探一樣，當場殉職，況且你又是出了名的笨。」葛傑瑞探長自以爲是地唸叨著。在他看來，自己的部屬全是蠢貨、飯桶，只有他自己辦案是那麼無懈可擊、遊刃有餘。

「不管怎麼說，您還眞走運。先是沃爾尼克莊園的案子，現在又是大塊頭保羅和克蕊拉……您知道您的戰績還缺什麼嗎？」佛拉蒙好像敗下陣來，最後只得揶揄地說。

「缺什麼？」

「逮捕亞森・羅蘋。」

「有一有二，絕不會有三。前兩次，我讓亞森・羅蘋這傢伙從我手心逃掉，第三次絕對不會。至於沃爾尼克莊園的案子，我一直盯得很緊；大塊頭保羅的也一樣，現在這個金髮克蕊拉……」說著，他突然抓住同伴的手臂，「瞧！火車來了。」

「可是您還沒拿到逮捕證……」

葛傑瑞焦急地掃視了一下四周，沒人朝他這邊過來，還眞不走運。

然而這時，鐵軌盡頭一個巨大的火車頭逼進站來。慢慢地，列車車廂也一節節出現在視線中。整列火車緩緩駛來，最後端端正正在月臺邊止步。車門一打開，一串串旅客就像斷了線的珠子般一擁而出，瞬間擠滿月臺，等到最後全都聚攏到出站口驗票時，又自動排成了長龍。佛拉蒙才剛要過去，卻被葛傑瑞攔下。有何必要？這是唯一的出口。旅客不得不排隊等候，逐一出站。一個特徵如此明顯的女人，怎麼可能錯過？

果然，那女人出現了，兩名警探當即確定嫌犯就是她。女人的相貌特徵和委任令上描述得一模一樣，她就是——金髮克蕊拉。

「對、對，」葛傑瑞嘟嘟噥噥地自言自語，「我認出來了。啊，狡猾的傢伙，這回休想再逃跑！」

這張面孔確實迷人，一雙湖藍色的眼睛亮晶晶的，大老遠就看得見。唇眉之間似乎永遠含著半分笑意，隨著嘴唇的一張一閉，露出了潔白發亮的牙齒。她身穿一件露出白色襯衣領子的灰色洋裝，看上去像個寄宿生；手裡提著一個小行李箱、一只手提包，這是兩件簡陋寒傖、卻十分淨雅的行李。她的神態謹慎，似乎盡可能不想招人注意。

「小姐，您的車票？」

「車票？」

這可麻煩了。她的車票，她把它塞到哪兒去了。口袋？手提包？還是箱子裡？她經不住背後一長排旅客的催促嘲笑，臉上浮出了驚慌尷尬的神情，她趕緊放下箱子，打開手提包翻了起來，最後卻發現車票別在一隻袖口底下。

驗過票，她從圍攏過來看熱鬧的人群中擠出一條路，出了車站。

「見鬼！」葛傑瑞罵道，「可惜啊，逮捕證再不送到，就又要讓她溜了！」

「不過，您還是有機會抓住她的。」

「蠢貨！快，我們跟上去。別出差錯，一定要跟緊。」

然而，葛傑瑞十分小心，他並未「緊跟」金髮女子。他很清楚自己已經讓這個狡猾的傢伙從手中溜走了一次，現在絕不能引起嫌犯的戒心。於是，他遠遠跟在後面，他發現金髮克蕊拉遲疑了一下，不知道是裝出來的，還是本能的警覺反應，她簡直像第一次走進車站大廳似的，徬徨地向前走去。她好像不敢去打聽事情，只能漫無目的地亂晃，葛傑瑞心裡嘀咕：「還眞厲害！」

「厲害什麼？」

「她這是在裝模作樣，想讓別人覺得她不知該如何出站！她表現得很遲疑，這說明她已察覺自己被人跟蹤，正打算採取行動。」

「您說得一點也沒錯。」佛拉蒙看了看，附和道，「她那神情舉止就好像怕被人追捕似的。不過，話又說回來，她這副模樣還眞討人喜歡……這女人的氣質眞優雅……」

「佛拉蒙，別動歪腦筋！這個女孩的追求者可是成群結隊，大塊頭保羅愛她愛得發瘋。瞧，她找到樓梯了，我們趕緊跟過去。」

只見年輕女孩順勢下了樓，來到車站外，在羅馬巷口停步，叫了一輛計程車。葛傑瑞加快腳步跟上。他看見女人從手提包拿出一只信封，將上面的地址唸給司機聽。雖然她的聲音很低，但葛傑瑞還是聽得清清楚楚——**「去伏爾泰河堤六十三號」**。

說著，女人上了車。葛傑瑞也趕緊攔了下一輛計程車，正打算上車，一直久候不至的警察總局方面的人，此時終於姍姍趕到。

「啊！是您，雷諾？」葛傑瑞趕緊開口問，「逮捕證帶來了？」

「在這兒。」探員回答道。

探員又交代了上司的幾句補充說明。待他說完，葛傑瑞發現剛才攔下的那輛計程車已經開走了，而克蕊拉的車也已在前方廣場拐了彎。時間就這麼耽擱了三、四分鐘，但是沒關係，他已經知道地址。這時剛好又駛來一輛計程車，葛傑瑞趕緊招車，吩咐司機：「去伏爾泰河堤六十三號。」

殊不知，這兩名警探並未發現他們方才靠在車站柱子旁監視列車進站時，身邊還多了一名陌生男子，此人一直在二人附近轉悠，看起來已有點年紀，面容消瘦，面色黝黑，鬍鬚茂密，一件破敗的橄欖色外套顯然不太合身，套在他身上長了一大截。他在葛傑瑞報出地址之際，亦悄悄溜到計程車旁偷聽。等車一開走，他也攔下一輛計程車，吩咐司機開往——「伏爾泰河堤六十三號」。

chapter 3

夾層公寓的房客

伏爾泰河堤六十三號是一座宅邸，朝河而建，牆面呈老舊的灰色，窗戶開得很高。整個底層①和一、二樓之間的四分之三夾層空間，分別租給一名古董商和書商當做店鋪。二樓和三樓這兩層寬敞的空間則是尙・埃爾勒蒙侯爵的奢侈公寓。其實，整座宅邸都是他的家產，侯爵的祖上財力豐厚，一百多年前就買下這處房產，只是近來一些投機案的曝光讓他這個後代不得不收斂許多，生活儘量簡單，僕人也儘量少雇。

尙・埃爾勒蒙侯爵還把一、二樓之間剩餘的夾層空間，隔成一間小公寓，裡面有四個房間。侯爵的資產顧問表面上爲他著想，建議他將這個小公寓出租，實爲先拿了某位房客的好處。一個月前，房客勞爾先生開始租住於此，但這個人很少在此過夜，他只是每天下午過來，待上一、兩個小時就離開。

夾層小公寓，位於門房的正上方和侯爵祕書房間的正下方，一進門，首先是昏暗的門廳，再往前走就是客廳，臥室則在客廳的右側，左側是浴室。客廳空空蕩蕩，僅寥寥幾件家具，似乎是隨意拼湊，胡亂擺放。屋裡沒有任何布置，談不上舒適，給人的感覺就像個臨時住所，一個匆匆過客的臨時落腳處。

兩扇窗窗外正對著塞納河的旖旎風光，兩扇窗之間擺了一把大扶手椅。椅背又寬又高，襯著軟墊，背對門而放。緊挨著扶手椅，右邊有張獨腳小圓桌，桌上放了一個看似酒匣的小盒子。靠牆處有個座鐘，座鐘外有個狹小的罩子。「鐺鐺鐺鐺」，座鐘敲響了四點。然後又過了兩分鐘，只聽天花板按照一定規律敲了三下，接著又是三聲。之後，又從酒匣的方向突然傳來急促而沉悶的鈴聲，像是電話鈴聲響起。

一陣安靜過後不久，剛才的吵鬧又重演了一遍：先是天花板傳來三聲鞋跟響，接著又是三聲。然後，沉悶的電話鈴聲再次響起。而這回鈴聲則響個沒完，持續不斷地從酒匣裡傳來，儼然成了惱人的音樂盒。

「見鬼，吵死人了！」客廳有個活像被吵醒的聲音，扯著嘶啞的嗓門破口罵道。

只見，有隻手從那張面向窗戶的扶手椅右側緩緩伸出，伸向獨腳圓桌上的小盒，掀開蓋子，抓起裡面的話筒。然後話筒被移到扶手椅的左側，罵人的先生依舊蜷縮在椅子裡不得見，但他的聲音倒是清晰許多，只聽他抱怨道：「對，我是勞爾。庫爾維，你就不能讓我好好睡上一會兒嗎？我眞笨，幹嘛要替你的辦公室和我這邊接上電話，你閒得發慌要和我說話，是不是？得了，讓我打個盹兒吧。」

說完，這位先生便掛上電話。可是沒一會兒，天花板又傳來熟悉的跺腳聲，緊接著電話鈴又再次響起。他無可奈何，只好接了電話。就這樣，住在這夾層公寓的勞爾先生和尙・埃爾勒蒙侯爵家的祕書庫爾維先生，開始低聲交談。

「說吧……快說，侯爵在家嗎？」

「在，瓦爾泰克斯剛走。」

「瓦爾泰克斯！他今天又來了！見鬼，我煩透這個傢伙了。他顯然是在和我們對著幹，而且都是爲了同樣的目的。只是，他自然知道這目的是什麼，我們卻還不知道。這麼說來，你偷聽到什麼消息了嗎？」

「我什麼也沒聽到。」

「是呀，你總是什麼也沒聽到。那你爲什麼要吵醒我？好了，還是別再煩我了，見鬼！我五點鐘還有個約會呢，我要和美麗的奧爾佳去喝茶。」

說完，勞爾終於掛上電話，但睡意卻全被趕走了，可是他仍不願離開那張舒服的扶手椅，窩在裡面，點了根菸。

藍色的煙圈從椅背上徐徐升起，座鐘顯示爲四點十分。

忽然，門廳傳來突兀的門鈴聲。與此同時，兩扇窗戶之間的廊柱頂端，有塊板子倏地滑開。顯然這是個由電鈴控制的機關。只見有面長方形小鏡子露了出來，就像電影銀幕般，上面映出了一個金色鬈髮女孩的美麗面容。

勞爾不禁一驚，跳了起來，低聲讚歎道：「啊，好漂亮的女孩！」

他仔細打量女孩好一會兒，不，他不認識她，從沒見過這個人。然後他按了一下彈簧，讓鏡子歸位，又對著另一面鏡子，細細端詳自己。這回，鏡中現出一個約莫三十五、六歲的男子，身材健美，舉止優雅，風度翩翩，衣著無可挑剔。他想，這樣一名男子面對任何漂亮女孩的到訪，怎能不大出風頭。

勞爾趕緊走到門廳，開了門。鏡子裡的金髮女孩手裡攥著一只信封，站在門口等待，行李箱就放在身旁樓梯間的地毯上。

「夫人，您有什麼事？」

「是小姐。」女孩低聲說道。

「小姐，您有什麼事嗎？」勞爾改口，又問道。

「尙・埃爾勒蒙侯爵住在這兒嗎？」

勞爾知道她找錯了樓層，但他發現，這年輕女孩一邊問，一邊跨進了門，然後又走進來兩、三步，於是便乾脆拎起女孩的行李箱，肯定地說：「正是本人，小姐。」

可是，女孩走到客廳門口便站住，有些困惑地低聲說道：「啊……可是有人告訴我，侯爵先生……有一把年紀了……」

「我是他的兒子。」勞爾冷冷地回答。

「可是他沒有兒子……」

「不會吧？那好吧，就算我不是他兒子，但這無關緊要，儘管我還沒見過尚・埃爾勒蒙侯爵，但我跟他的關係好得很。」

說完，他巧妙地讓女孩走進客廳，然後把門關上。

「可是……先生，我得離開了……看來我弄錯樓層了。」小姐抗議道。

「不急……您先在這裡休息一下吧……這樓梯很陡的，像峭壁似的……」

勞爾的神態那麼輕鬆，風度那麼瀟脫，逗得女孩忍不住笑了起來，但她仍然堅持往外走。正在此時，樓梯間的門鈴忽然又響起，窗戶之間的小鏡子又再度降下，這回映出的卻是一張滿臉鬍碴的陰沉面孔。

「噓，是警方！」勞爾小聲說道，然後動作麻利地關了機關。

「這傢伙來這兒幹什麼？」他不禁自問道。

「求求您，先生，讓我出去吧。」女孩一看到鏡子裡那張凶惡臉孔也變得驚慌起來，一副不知所措的樣子。

「可是這是葛傑瑞探長，他是個壞傢伙、一個壞人，他那張臉我認得，可絕不能讓他看見您，而您以後也不能撞上他……」

「先生，他看不看得見我，我可不在乎。我只想出去。」

「小姐，您無論如何都不能出去，我不希望讓您受到牽連。」

「會受什麼牽連呢？」

「會的、會的……您瞧，還是先進我的臥室去躲躲吧。您不願意？但這是爲什麼，您確定不躲進去？」

說到這兒，勞爾也笑了起來，好像腦子裡突然冒出什麼念頭，令他自己也覺得有趣似的，於是他殷勤有禮地將手伸給小姐，扶她在大扶手椅上坐下。

「那您就先坐在這兒吧，沒人看見得您。用不了三、兩分鐘就會沒事。您不願躲進我的臥室，在這把大扶手椅上躺躺總可以吧？」

男子的神態天眞快活，還夾雜著幾分果斷和專橫，女孩別無辦法，只得服從。勞爾當即原地跳躍了一下，以此表達他的愉悅，然後輕輕鬆鬆走出去開門。

門一開，葛傑瑞探長立刻跨了進來，後面跟著部屬佛拉蒙，只聽他粗聲粗氣地大聲問：「剛才是不是有個女人來過您這裡。看門人看見她上來了，並聽見她按了您家門鈴。」

「請問您是……」勞爾輕輕拉住他，擋住來人去路，彬彬有禮地問道。

「我是葛傑瑞探長。」

「葛傑瑞！」勞爾先生驚叫道，「就是那個差點抓住亞森・羅蘋的人！」

「您等著看好了，我遲早會捉到那傢伙的。」探長自信神氣地回答著，「不過，我今天是來辦另一件案子的……或者說，我是來逮捕另一個嫌犯。剛才是不是有一個女人上樓？」

「一個金髮小姐？長得很漂亮？」勞爾問道。

「您這麼說，那應該算是吧……」

「看來那位小姐不是您要找的人，因爲剛才來過的那位小姐實在太美了，美極了，她擁有人世間最迷人的微笑……」

「那她現在在嗎？」

「她走了。大概三分鐘前，她按我的門鈴，問我是不是住在伏爾泰大道六十三號的弗羅森先生。我告訴她，地址弄錯了，然後替她指了指伏爾泰大道的方向，她就離開了。」

「這麼說，人還沒走遠！」葛傑瑞一面抱怨，一面下意識環顧著四周，他不經意掃了一眼那張背對門口的扶手椅，又朝各房門的方向仔細瞧了瞧。

「要爲您一一打開房門來看嗎？」勞爾問。

「不必了，我們去伏爾泰大道找她。」

「葛傑瑞探長，跟您打交道眞令人安心。」

「彼此彼此。」葛傑瑞天眞地回答。說著，他戴上了帽子，最後又補充一句：「除非她這是在耍花招，她可是個狡詐的傢伙！」

「狡詐，您是說那位漂亮的金髮小姐？」

「當然，我剛才在聖拉薩火車站本來有機會逮到她。她坐哪個班次的列車抵達，我們都一清二楚……見鬼，這是她第二次溜走了。」

「我覺得那位小姐的舉止非常莊重、和善呢！」

「告訴您，」葛傑瑞比劃著不認同的手勢，不由自主地說道：「她可不是什麼守本分的小姐。您知道她是誰嗎，她是大塊頭保羅的情婦。」

「什麼？您是說那個惡名昭彰的大盜？盜賊……殺人嫌疑犯……大塊頭保羅，那個差點被您逮住的傢伙？」

「我會逮到他的，就連他的情婦，那個狡猾的金髮克蕊拉也逃不掉。」

「不可能！那個漂亮的金髮小姐，怎麼會是各家報紙提到的那個——你們追緝六個星期仍然徒勞的金髮克蕊拉……」

「就是她。現在您明白了吧，逮住她的意義重大啊。佛拉蒙，我們走。好，弗羅森先生，我們就去那個地址，伏爾泰大道六十三號，沒錯吧？」

「一點不錯，我剛才說的就是這個地址。」

「祝你們好運。到了那兒以後，也把亞森・羅蘋逮住吧。這些無賴，他們全是一夥的。」勞爾畢恭畢敬，禮貌周到地把人送出了門，還就著樓梯欄杆俯身目送兩名警探。他回到客廳，卻發現女孩已經站起身，臉色看上去有些蒼白，神情頗爲緊張。

「小姐，您怎麼啦？」

「沒……沒什麼……只是，竟然有人在火車站跟蹤我！是誰把我來這兒的事告訴了他們！」

「這麼說，難道您眞的是金髮克蕊拉，大盜大塊頭保羅的情婦？」

「我連大塊頭保羅是誰都不知道。」女孩聳了聳肩。

「您不看報紙？」

「很少看。」

「那這個金髮克蕊拉呢？」

「我不知道，我叫安東妮。」

「既然如此，您有什麼好怕的？」

「是沒什麼好怕的。只是，竟然有人想抓我……」她忽然停頓下來，露出了笑臉，似乎突然明白自己的不安有多幼稚。接著她又說，「我是從外省來的，碰到這麼一點複雜情況就慌了……再見了，先生。」

「您這麼急著走？再待一會兒吧，我有好多話想跟您說。您的微笑能帶給人快樂，簡直讓人心神不寧，尤其是您那微微上揚的嘴角。」

「先生，我沒時間聽您說話了。再見！」

「怎麼？我剛剛救了您一命，您竟然……」

「您救了我的命？」

「當然！如果您被送進了監獄，就會上重罪法庭，然後上絞架。我救了您，總該得到一些回報吧。您打算在尙．埃爾勒蒙侯爵家裡待多久？」

「大概半個小時……」

「那好！您下來的時候，我會留意的。我想請您到我這兒喝茶，就像好朋友那樣。」

「在這裡喝茶！哦，先生，我找錯了樓層，您就藉機占我的便宜？我請求您……」

女孩露出了直率凌厲的目光，惹得勞爾也覺得自己的提議不大合適，便不再堅持。

「小姐，不管您願不願意，是陰錯陽差的機緣促成了我們的相識。沒錯，我幫您是出於偶然，但這樣的邂逅不可避免一定會讓我們日後再相見的……」

他站在樓梯間目送她上樓。女孩轉過身來，親切地朝他揮揮手。

他心想：「是啊，她太可愛了……啊，那無邪的微笑！可是，她到侯爵家去做什麼呢？她平日都做些什麼事，過著什麼樣的生活？她，大塊頭保羅的情婦？看來她和大塊頭保羅同時捲進了案子裡……不過，她是大塊頭保羅的情婦？只有警方才會編造出這種鬼話！」

可是他隨即轉念一想，葛傑瑞在伏爾泰大道碰了釘子勢必會再折返，那傢伙就很可能再次堵到金髮女孩，這種事無論如何都不能發生。

勞爾若有所思地走進屋裡，可是突然，他拍了一下腦袋，自言自語道：「見鬼！差點忘了……」說著，他跑到另一具可撥市內電話的話機旁邊。「旺多姆地區，喂……接線生，請趕緊幫我接通。喂，請問是柏威茲時裝店嗎？王后在那兒嗎？」勞爾顯得有些不耐煩，「我問您，王后是不是在那兒……什麼，王后正在試穿衣服？那好，請您轉告王后，勞爾先生要與她通電話……」緊接著他又專橫地說：「您快別給我製造麻煩了，好嗎？我命令您去轉告王后，如果您不轉達，她一定會很生氣的……」

說完，他激動地輕拍著話筒，不耐煩地等待王后來接電話。過了一會兒，電話線那頭有人抓起了話筒。於是他問道：「是妳嗎，奧爾佳？我是勞爾。嗯，什麼，妳衣服試了一半就跑出來了，現在半裸著身子？哦，那些撞見妳的傢伙肯定要大飽眼福了，我美麗的奧爾佳，妳擁有最美麗的香肩。可是我求求妳，我親愛的奧爾佳，發『r』這個音的時候別那麼捲舌！啊，我想跟妳說什麼……好吧，我也是這樣發音的……是這樣，我不能跟妳喝茶了，不是，達令，妳別急呀，我這裡沒有別的女人，是談生意的約會……瞧瞧妳，別不講道理啊，我親愛的寶貝。喏，那今晚我們一起吃晚飯，我去接妳？好嘛好嘛，我的小寶貝達令奧爾佳……」

勞爾掛上電話，立刻走回門口，躲在半啓的門後面，觀察樓梯間的動靜。

註釋：

①法國的「底層」，即台灣的一樓。以此往上類推，法國的一樓，即台灣的二樓。

chapter 4

樓上的房東

尙・埃爾勒蒙侯爵正在整理文件。他坐在書房辦公桌前，寬敞的屋子裡擺滿了書。雖然侯爵平時很少讀這些書，但是他喜歡它們精緻的裝幀。

沃爾尼克莊園命案發生後這十五年，尙・埃爾勒蒙蒼老了許多，頭髮白了，臉上的皺紋也越來越明顯可見，他已非昔日那個風流倜儻的侯爵。他看起來雖然風度依舊，端正挺拔，但過往的那種神采奕奕如今在他臉上已不復見，取而代之的是深沉的表情，有時甚至現出幾分憂鬱。「一切都出在錢的問題上」，俱樂部和沙龍裡的玩伴都這樣認爲。不過，人們的猜測僅限於此，沒人知道其中的眞正原因，尙・埃爾勒蒙侯爵不是個輕易透露自己隱私的人。

忽然，門鈴響了。過了一會兒，貼身男僕敲過書房的門，走了進來，告訴侯爵有一位年輕女孩要求見他。

「很抱歉，我沒有時間。」侯爵答覆。

僕人得了吩咐便退出去，誰知道過了一會兒他又折回來。

「侯爵先生，這位小姐堅持要見您。她說她來自利索，是泰瑞絲夫人的女兒，她說身上帶了一封母親的信。」

侯爵猶豫片刻，像是竭力搜尋對這個女人的記憶，口中還反覆唸著這個名字：「泰瑞絲……泰瑞絲……」然後他趕緊回答：「請她進來。」

見到女孩進來，他立刻起身，伸出雙手，熱情地迎了上去。

「歡迎您，小姐。我一直都沒忘記您的母親……可是，天哪，您和她長得真是太像了！一樣的頭髮，一樣害羞的表情，尤其是笑起來和她一模一樣。當年，我們大家都喜歡看您母親笑，這麼說，是您母親要您來的？」

「先生，家母五年前就去世了。她特地寫了一封信給您，告訴我，在我需要幫助的時候就帶著信來找您。」

女孩平靜講述著自己的身世，天真快樂的表情蒙上了一層淡淡的憂傷，她將母親寫好地址的信封遞了過去。侯爵接過來，打開看了一眼，不禁打了個哆嗦，稍稍退後幾步，開始細細讀信——

如果您能爲我的女兒做些什麼，就請您盡可能做吧……我們過去的事，她都知道，不過她一直以爲您只是一個朋友。還是請您別將事情說破。小安東妮性格高傲，和我從前一樣，她只求您能幫助她生存下去。對您的恩情，我感激不盡。

泰瑞絲

侯爵呆住了，沉默著不知該說些什麼。他立刻回想起自己在那個法國中部水城的短暫邂逅，一開始是那麼美好。當時，泰瑞絲在一個英國家庭擔任家庭教師，可是由於尙・埃爾勒蒙的一時任性，這段戀情還沒開始便匆匆結束了。那時的他天性無憂無慮，又極爲自私，不願紆尊降貴好好對待這個對自己如此信任、如此全心奉獻的女子。他所能記起的，不過就是幾個鐘頭的模糊經歷。難道泰瑞絲一直對他們之間的感情戀戀不忘，不惜一生廝守？那個時候，他不辭而別，留給她的除了痛苦和破碎的生活，難道還有這個孩子？泰瑞絲後來的情況，他一無所知。她從未再寫信給他。可是就這樣，僅憑一封遲到的信，逝去的記憶一下又回到了現實，攪得他心慌意亂，不知所措……侯爵十分激動，再次走近年輕女孩，問道：

「安東妮，您多大年紀了？」

「二十三歲。」

「二十三歲。」年歲剛好吻合，他竭力壓抑自己的情緒，低聲重複道。爲了不使談話冷場，也爲了尊重泰瑞絲的意願，以免引起女孩的懷疑，他便接著說：「安東妮，您母親生前和我是朋友，很要好的朋友……」

「先生，求求您還是別再提以前的事了。」

「您母親對我們之間的交往有過什麼不好的回憶，是嗎？」

「我母親對過去的事情總是閉口不談。」

「好吧。不過我想問問，她後來的日子沒有過得很辛苦吧？」

「先生，她過得很幸福，也讓我過得很快樂。我今天來找您，是因爲我和收留我的人鬧僵了。」女孩堅定地回答。

「沒關係，過去的事情我們以後再慢慢談吧。今天要緊的是，我們來商量您將來該怎麼辦。您有什麼打算嗎？」

「我的打算是不想成爲任何人的負擔……」

「也不想依靠任何人？」

「我倒不怕被人管束。」

「那您有什麼專長嗎？」

「什麼都會，又什麼都不會。」

「這等於沒說。您願意當我的祕書嗎？」

「您應該已經有祕書了吧？」

「是有一個，但我信不過他。那傢伙總是在門外偷聽我和別人談話，又亂翻我的文件。您來接替他好不好？」

「我不願接替任何人。」

「那，這樣就不好辦了。」尚・埃爾勒蒙侯爵笑呵呵地說道。

就這樣，兩人坐下來聊了好一會兒。侯爵認眞地聆聽，熱情地看著對方，女孩則無拘無束，神情快活，但有時又有些欲言又止，弄得侯爵深感困惑，不知所措。最後，女孩同意不催他立即作出聘雇她的決定，而想先給他一些時間，等他對自己多些瞭解之後再做打算。侯爵本來預定翌日就要出國去談生意，一離開就是二十多天。所以他建議女孩與他一同前往某個地方，待上幾天，她也欣然接受此提議。

年輕女孩在一張紙上寫下自己準備在巴黎投宿的地址，遞給侯爵。侯爵和她約好，第二天早上去接她。然後他送女孩走到門廳，行吻手禮打算告別，這時祕書庫爾維剛好路過。於是，侯爵僅簡單地說：

「再見，孩子，妳還會來看我的，是吧？」

女孩拎著行李下了樓。她似乎心情很好，開心極了，簡直就快哼起歌來。

接下來的事卻來得很突然，氣氛瞬間變調，她絲毫沒預料到，一下子慌了手腳。當她步下這一層樓梯的最後幾階時，樓梯間的光線雖然很暗，但她卻清楚聽見夾層公寓的門前有人嚷嚷：

「先生，您這是耍得我團團轉。伏爾泰大道六十三號根本就不存在……」

「探長先生，這不可能，伏爾泰大道確確實實存在呀，不是嗎？」

「還有，我想知道我那份重要證件現在在哪兒？剛才我來的時候，證件還躺在我的口袋裡。」

「您是說那張寫著克蕊拉小姐名字的逮捕證？」

年輕女孩聽出那是葛傑瑞探長的聲音，不禁尖叫了一聲，頓時亂了分寸，趕緊慌張地跑下樓。她本該冷靜下來，悄悄上樓才是。這下可好，正在跟勞爾理論的探長聽到了叫聲，一轉身就看到逃跑的嫌犯。可是他剛要追出去，就被勞爾抓住了手腕，拖進了公寓的門廳。探長抵抗著，相信自己可以掙脫，畢竟他個子高大，肌肉結實，比這個半路殺出的對手強壯多了。然而，令他大吃一驚的是，自己不僅無法掙脫，還不得不乖乖被對手牽著走。這下，探長大為惱火，嚷嚷道：

「你就不能放過我嗎？」

「可是，您得跟我走啊！」勞爾大聲說，「逮捕證在我家呢，您剛才不是跟我要嗎？」

「我才不在乎什麼逮捕證。」

「可是我在乎，我在乎啊！我得把它還給您。是您剛才向我要的，可不是嗎？」

「可是……見鬼，我不能讓那傢伙溜了！」

「您的搭檔不在嗎？」

「他是在外面，不過他那麼笨手笨腳！」

就在此時，葛傑瑞意識到自己已被拽進了門廳，緊接著房門「碰」的一聲關上了。葛傑瑞氣得又是跺腳，又是罵髒話，他用力撞門，又扭轉門鎖。可是任憑他怎麼費力，門就是不開，鎖也扭不動。這似乎是一副特製的鎖，任你拿鑰匙轉多少圈，它就是不開。

「您瞧，探長先生，逮捕證還給您。」勞爾好整以暇地說。

葛傑瑞差點沒上前去揪住對方的衣領。

「您還眞大膽！我剛才來的時候，逮捕證可是一直都放在我的外套口袋裡。」

「應該是掉出來了。」勞爾仍舊氣定神閒地說，「我是在這裡撿到的。」

「開什麼玩笑！這麼說，您也打算一併否認剛才編出那伏爾泰大道騙人的事？您把我們引到那裡去，可是其實那個女歹徒就在附近不遠處，是不是？」

「應該說，就在這裡。」

「什麼？」

「當時她就在這間屋子裡。」

「您說什麼？」

「當時，她就坐在扶手椅裡，只不過椅子背對著你們。」

「好啊，是嘛，我的老天哪！」葛傑瑞已經光火得不知該如何是好。他雙臂交叉，端在胸前，語無倫次地說，「她就坐在扶手椅裡，您竟敢……難道您瘋了嗎，是誰要您這麼做？」

「因爲我的心腸太軟了，」勞爾肉麻地說，「我說，偵探先生，您是個老實人，您或許也有妻子、有孩子……所以如果換做是您，難道您忍心把這個美麗的金髮女孩交出去，讓她受牢獄之苦嗎？如果換做您是我，您也會這麼做的，就像我打發您一樣，也把我打發到伏爾泰大道去，難道不是嗎？」

「她——就——在——這——裡！大塊頭保羅的情婦當時就離我那麼近！哦，我親愛的先生，您還眞做得出這等事！」葛傑瑞簡直氣得說不出話來。

「如果您有證據可以證明她就是大塊頭保羅的情婦，那我的確不該這麼做。但這一點恰恰有待證明，可不是？」

「但您不是已經承認協助藏匿……」

「除非你也亮出證據，我們再來談……否則一切都不算數。」

「我身爲探長，有權質疑您……」

「得了吧，我知道我們誰都不願承認自己被耍。」

葛傑瑞不懂這傢伙到底想幹什麼，他似乎有意與自己作對。葛傑瑞想探探這傢伙究竟何許人也，想要他拿出身分證件以供查驗，可是又覺得自己好像被這個怪人的不尋常舉動給震懾住，最後只好丟出一句：

「這麼說，您是大塊頭保羅情婦的朋友？」

「朋友？我三分鐘前才剛認識她。」

「什麼？」

「因爲我喜歡這女孩。」

「這算哪門子理由？」

「當然算，我可不希望有人糾纏我喜歡的人。」

葛傑瑞一聽這話，氣得握緊拳頭朝勞爾揮了起來。勞爾則絲毫不感到慌張，大步一邁迅疾移到門廳後方，下一秒便輕巧地打開門鎖，容易得彷彿這是世上最聽話的一把鎖。

探長用力扣緊禮帽，挺著胸，板起臉，從容地從敞開的大門走出去，一副君子報仇三年不晚、此仇早晚會報的模樣。

勞爾從窗邊往外看，看見葛傑瑞和部屬晃晃悠悠地離開了。他想，這下如果沒再發生什麼新情況，美麗的金髮女孩就算徹底脫了險。於是他輕輕敲了敲天花板。過了五分鐘，尙・埃爾勒蒙侯爵的祕書庫爾維便走下樓來。勞爾立即將他迎了進來，一把抓著他問：

「你見到剛才上樓拜訪的金髮女孩了？」

「先生，見到了。侯爵接待了她。」

「你偷聽他們談話了嗎？」

「聽了。」

「都聽到些什麼？」

「什麼也沒聽到。」

「笨啊！」

沒想到，葛傑瑞罵他部屬佛拉蒙的話，勞爾也常常用來罵庫爾維，只不過語氣比較和善，還算有同理心。庫爾維是一名可敬的紳士，蓄著一大把白鬍，總是穿著一身黑色禮服，繫個白領結，儼然一副鄉下大法官或葬禮主持人的裝扮，誰教他——說話總是那麼用語準確、措辭講究，語調略顯幾分誇張。

「侯爵先生和那位小姐說話時，音量放得很小，就是最尖的耳朵也聽不清。」

「我的老夥伴，」勞爾打斷他的話，「你這人就是囉哩囉嗦，說話不痛快，讓人火大。我問你什麼，你就答什麼，用不著多說。」

庫爾維低下了頭，把這種粗暴的對待當成直率的友情。

「庫爾維先生，」勞爾又說，「我從不計較給過別人多少恩惠，但我敢說，我本來絲毫不認識你，只光憑你這把可敬白鬍子給我的好印象，就決定救濟你，還有你那年邁貧困的父母，甚至替你安排這樣一份輕鬆的差事。」

「先生，您對我的恩情，我感激不盡。」

「得了。我說這些，並不是要聽到你向我道謝，我是有話想說。讓我繼續說。我雇你來替我辦幾件事，老實說，這些事你辦得糟透了，笨手笨腳，毛毛躁躁。不過我從未埋怨過你半句，我仍然敬重你這一把白鬍子，敬重你爲人誠實忠厚。不過，你做事，我一直都在看呢。這幾個星期以來，我把你安排在這個位置，爲的是保護尙・埃爾勒蒙侯爵，粉碎那些威脅他的陰謀。你的任務就是查找他桌子裡的暗格，蒐集可疑的文件，暗中監聽侯爵與訪客的對話。可是這幾件事你哪一樣辦得麻利？一件也沒辦好，可不是？且不說更糟的是，無疑地，侯爵已開始對你有所防備。還有，你每次打電話給我，總挑我睡著的時候，淨跟我說些不著邊際的蠢話，所以……」

「所以，您要打發我走？」庫爾維可憐巴巴地問。

「這倒不是，所以……我不能再指望你了，我要親自出馬，因爲我邂逅的這名動人女子也捲進了這樁案子，所以我要親自出馬了。」

「可是，先生，能否容我提醒您一句，那奧爾佳王后怎麼辦？」

「現在沒人比安東妮，也就是他們所說的金髮克蕊拉更重要。我必須把這一切處理好，必得弄明白那個瓦爾泰克斯先生到底有什麼陰謀。要想解開侯爵的祕密，就必須弄清楚這一點。另外還有，這個所謂的大塊頭保羅的什麼情婦，何以會在今天突然造訪？」

「……情婦？」

「這你沒必要打聽。」

「那我應該弄清楚什麼？」

「你應該弄清楚，你在我身邊究竟扮演什麼角色。」

「我寧願不知道……」庫爾維喃喃地說。

「你不該害怕眞相。」勞爾一本正經地說，「你知道我是誰嗎？」

「不知道。」

「我是亞森・羅蘋，那個大盜。」

庫爾維沒有接話。或許他認爲勞爾不該表明自己的眞實身分；不過，勞爾此舉雖然對他那正直的本性打擊不小，卻絲毫不影響他對勞爾的感激和尊敬。

勞爾繼續說：「你瞧，這次的情況和從前一樣，我捲入了尙・埃爾勒蒙的驚險故事，但同樣不知道自己的處境，也不清楚事件的原委，只能從細微的蛛絲馬跡，憑著運氣和敏銳的嗅覺，以及從我那龐大的情報網取得情報。話說這個叫尙・埃爾勒蒙的貴族後代破了產，所以不得不把自己在外省的莊園一一變賣出手，連他書櫃裡最珍貴的收藏都沒留下，這種事著實在貴族階層引起了軒然大波。據我調查，侯爵的外祖父熱愛旅行，甚至稱得上是個勇敢的冒險家。此人在印度擁有大片莊園，財產豐厚，回法國定居時據稱身家上億。可是，老人歸國後不久便撒手人寰，萬貫家財傳給了女兒，也就是侯爵的母親。

「那麼後來，這筆豐厚的家產又到哪兒去了呢？大家猜想，侯爵的生活方式雖然節制但財產還是被揮霍精光。但在一個偶然機會下，我得到了一份有價值的文件，文件似乎提出了另種解釋。我說的文件其實是一封信，這封信看上去自然有些年份，且其中的四分之三內容已經被撕掉了。侯爵簽名落款的下方，除去一些細節，還特別提到一些附言，內容大致八九不離十是這麼說的——『我交代您辦的事似乎沒了音信，我外祖父的遺產還是沒能找到。在此，請允許我提醒您遵守我們之間的兩項協議：第一是替我守住這祕密，不要說出去；第二，如果您幫我找到財產，我會提撥百分之十給您，但最多不超過一百萬法郎……只是，唉，我之所以委託您的事務所幫忙尋找，就是希望能馬上得出個結果，可是誰知道事情卻拖了這麼久……』

「這段內容既未標識日期，也沒有收信地址。但信上提到的顯然是一家偵探事務所，到底是哪一家呢？我也不浪費寶貴時間去尋找，我還以為把你安插到侯爵身邊，藉此方式暗中與侯爵配合，要有效得多。」

「先生，既然您已打算與侯爵合作，難道您不覺得，直接向侯爵說明來意、向他保證事成只要提撥百分之十的財產給您，如此就一定能找到寶藏，這方法豈不更直接有效嗎？」庫爾維大著膽子問。

「笨啊！他請事務所辦事，承諾給一百萬法郎的酬金，這就說明這筆生意該有兩、三千萬。有這種天方夜譚般的財富，我當然要獨賺。」勞爾一聽，立刻吹鬍子瞪眼睛地嚷嚷說道。

「但您不是說要跟侯爵合作嗎？」

「我說的合作，是說找到的財產歸我。」

「那侯爵呢？」

「給他百分之十。對他來說，這是一筆意外之財，畢竟他只是個老光棍，又沒有孩子要養。只是，我得親自動手。現在你聽明白了嗎，你打算什麼時候領我進侯爵家？」

「這……這麼做不太好吧……先生，您……您不覺得我這麼做很對不起侯爵嗎？」庫爾維一聽，慌了，膽怯地推託著。

「你要背叛我……好啊，我沒問題。但我的老夥伴，你決定怎麼做呢？命運殘酷地將你擺在對侯爵恪盡職責和對亞森・羅蘋報恩之間，你自己選吧。」

「今天晚上……侯爵會在外面用餐，凌晨一點鐘才會回來。」庫爾維為難地閉上了眼睛，最後拖拖拉拉地答道。

「他的僕人呢？」

「他們都住在樓上，和我一樣。」

「把鑰匙給我。」

庫爾維仍顯得猶豫。在此之前，他一直以為自己是勞爾派來協助保護侯爵的，可是現在他卻得交出房間鑰匙，成了盜竊之事的共犯，參與這等卑劣的詐騙行徑……庫爾維他那顆正直的心一時決斷不下。

勞爾沒給他時間思考，只管伸手等著，最後庫爾維還是交出了鑰匙。

「謝謝。」勞爾說道，仍不忘交代、稍稍揶揄庫爾維一番，「晚上十點的時候，你待在自己的房裡，仔細聽僕人那邊如果有什麼動靜，就趕快下來通知我。不過，我想這種情況不太可能發生，那就明天見囉。」

說完，庫爾維便離開了。勞爾簡單收拾了一下，準備出門與美麗的奧爾佳一起吃晚飯，可是不知怎地他居然睡著了，醒來時已經夜裡十點半了。他急忙從扶手椅跳起，拿起話筒撥電話到特羅卡代羅大飯店——

「喂、喂，特羅卡代羅大飯店嗎？請接王后的套房。喂、喂，請問是哪位？是打字員嗎？是妳啊，茱莉，怎麼樣，親愛的？喂，王后是否還在等我，請讓她來接電話。哎呀，妳別囉唆了，我把妳安插在王后身邊，可不是為了聽妳抱怨，快讓她來接電話，好嗎？」短暫沉默過後，勞爾又開口了：「喂、喂，是妳嗎，奧爾佳？親愛的，妳猜怎麼著，我稍早跟人家的約會實在拖得太久……不過，我可是很高興呢，因為生意談成了。哦，親愛的，這可不能怪我，我們星期五再一起吃飯，好嗎？到時候過去接妳，妳不會恨我吧？妳知道的，對我來說，妳才是最重要的……啊，我親愛的奧爾佳！」

chapter 5

深夜行竊

亞森・羅蘋在夜間行動時，從不穿什麼深色的夜行衣。「我依然是平常打扮，」他說，「雙手插在衣袋裡，不帶武器，就像去買菸一樣輕鬆自然，或像去做善事般心安理得。」頂多就像伸展筋骨吧，就和鍛鍊體能一樣，悄無聲息地原地起跳，或訓練自己在黑暗中行走而不碰撞任何東西。

今晚的行動也是如此，而且一定穩操勝券，不可能失敗。他知道自己的精神和體力足以應付一切意外情況。

於是，他簡單吃了幾塊蛋糕、喝杯水之後，便出公寓走進樓梯間。

當時是晚間十一點一刻。外面一片漆黑，萬籟俱寂。他絲毫不擔心會撞上其他房客，因爲這棟住宅再無其他住戶；他也不怕碰上侯爵家的僕人，因爲此時他們睡得正酣，況且還有庫爾維在樓上替自己把風。在這樣的夜裡行動是多麼愜意的一件事啊！甚至免除了撬門撬鎖那類小麻煩，要知道鑰匙就在他手裡；他甚至用不著費心研究方位，因為手中就有一張這棟住宅的結構圖。

所以他就像進自己家一樣，輕鬆來到侯爵的家。走過門廳來到書房，他也有如回到自己家那般大膽開了燈，光線強弱適中，剛剛好。書房的兩扇窗戶之間掛著一面大鏡子，他的模樣映在鏡子裡，勞爾迎面朝自己走去。他卻突然心血來潮，向鏡中的自己打個招呼，扮了鬼臉。

接著他坐了下來，先將房裡的陳設打量一番。他沒有時間可以浪費。那些無腦的傢伙才會在抽屜和書櫃裡亂翻一氣。他羅蘋辦事必然經過思量，先是仔細觀察周圍環境，判斷桌子和櫃子該有的正確比例，目測它們的尺寸和容積。嘿，這件家具的設計不合常理，還有那把扶手椅不該是這個形狀。庫爾維看不出東西藏在什麼地方，可是哪裡有祕密能逃過他亞森・羅蘋的眼睛？

羅蘋仔細察看了十分鐘，便逕直走到書桌旁。他跪下來，輕敲那光滑的木頭，又看了看鑲嵌的銅條。接著他站起來，要寶般來了幾下變戲法的動作，然後拉開其中一個抽屜，抽出來，手臂壓在抽屜格的一端，用力推著另一端，嘴裡還唸唸有詞，然後「啰嚓」一聲，果真有個暗格露了出來。羅蘋心想：「瞧，到頭來還是得由我親自動手！那個白鬍子笨蛋花了四十幾天毫無發現，我只花了四十秒就找到，當真了不起啊！」

不過，如果這個發現對他的行動有幫助自然最好，畢竟他此行的目的是找到小安東妮帶給侯爵的那封信，但他很快便發現信件不在暗格內。暗格裡卻有一只黃色大信封，裡面放著十來張一千法

郎鈔票，而這玩意兒是不能動的。羅蘋心想：「這是自己樓上鄰居兼房東、法蘭西沒落貴族典型代表的『零用錢』，他怎能塞進自己的口袋？」於是，他厭惡地推開了信封。

接著他粗略看了看，抽屜裡還另外放了一些信件和相片。所有這些信件通通是女人寫來的，相片中的人物也全是女人。這顯然是一些紀念品，是侯爵風流豔史的見證，是沒落貴族過去歲月的痕跡。對他來說，這段歲月是他全部的幸福和愛之所在，所以他才會狠不下心燒掉它們。

羅蘋該拿這些信怎麼辦？其實應該把它們都讀一遍，看看能否從中找出也許會令他感興趣的事。可是信這麼多，一下子怎能看得完？況且，也許它們的用處不大。另外，他還有其他顧慮。他自己也是個風流倜儻的人，當然不願冒昧闖入別人的女人吐露眞情、傾訴祕密的內心世界。

但他怎能忍住不去端詳那些相片呢？厚厚一疊相片共有一百多張，無論它們是侯爵一日的邂逅也好，一年的交往也罷，全都是一段段或長或短的愛情見證啊，是他昔日激情的留念。這些女子個個漂亮嫵媚，既溫柔多情，又落落大方，她們的眼睛給你希望，臉上的笑容時而憂傷，時而悽惶。而每張相片的背面都標注了女主人公的名字、照片拍攝日期，以及簡單的幾句話，算是對侯爵這些難忘往事的回顧。這些貴婦、演員、或純情少女就這樣一一浮現，她們雖然互不相識，卻在這個男人的回憶中緊密相連。

勞爾還未看完這些相片，就發現抽屜內側還放了一張特別以兩層紙包覆、尺寸更大的相片。他馬上拿起來，揭開包在外面的保護紙，細細端詳。

他一下子便對照片中的女人著了迷。無疑，這女人是其中最漂亮的一個，簡直美麗出塵。她的面貌那麼端莊優雅，表情也與眾不同。兩隻肩膀袒露在外，氣質超凡脫俗，充滿韻味，可以看出她不善於交際，卻善於在大庭廣眾面前展露綽約風姿。

「這顯然是個演員。」勞爾下了個結論。他就這樣目不轉睛盯著相片看了好一會兒。然後他翻過照片，希望在背面找到女人的名字和題辭一類的資訊。可是他突然打了個冷顫，一個大大的簽名橫在相紙上，讓你一眼就辨識出──「伊莉莎白・奧爾南」，簽名底下還有一行字──「想你，直到來生。」

伊莉莎白・奧爾南！對於社交界和演藝界瞭若指掌的勞爾來說，哪裡可能不知道這位知名女歌手的名字。他雖記不起十五年前那樁命案的細節，卻大略知道這位美麗少婦是在一個花園露天演唱之際，不明不白地受傷死去。這麼說，伊莉莎白・奧爾南也是侯爵歷任情婦中的一位。不過從侯爵保存她相片的方式，以及把她的相片與別人分開放這一點來看，她必定在侯爵的生命中占據十分重要的位置。

勞爾還發現在兩張保護紙之間，夾著一只未封口的小信封。他取出信封看了看，裡面裝的東西不僅解釋了一切，又令人感到驚愕。信封裡共有三件東西：一只髮夾；一封寫了十行字的信，女歌手於信中首次向侯爵吐露愛意，並與他訂下兩人的第一次約會；最後是她的一張相片，背面寫上的名字讓勞爾頗感困惑──「伊莉莎白・瓦爾泰克斯。」這張相片裡的伊莉莎白仍是個年輕貌美的少女，瓦爾泰克斯看來是她娘家的姓，是她嫁給銀行家奧爾南之前使用的，上面標注的日期也證明了這一點。

「這樣看來，」勞爾心想，「如今這個出入侯爵的家、年約三十多歲、名叫瓦爾泰克斯的男子，應該是伊莉莎白・奧爾南的親戚，可能是她的姪兒或堂弟。他與侯爵有來往，騙取侯爵的錢，侯爵卻沒有勇氣拒絕。難道侯爵就甘願這樣一直借錢給他，還是他另有其他動機？他之所以這麼做是否也和我一樣，都是爲了同一個目的？好吧，所有這些問題現在仍是謎。不過無論如何，既然我已置身這場遊戲之中，就得解開這些謎。」

想著想著，勞爾立刻又開始進行搜查工作，他把其他相片全拿起來看，然而一個突如其來的情況讓他不得不中止工作——不知從什麼地方傳來了一聲響動。勞爾豎起耳朵專注地聽，那是一聲極輕微的「嘎吱」聲，換做別人絕不會注意到。他判斷，聲音應該是來自樓梯口的大門，因爲他隱約聽見有人將鑰匙插進了鎖眼，扭開鎖，然後門被輕輕推開了。有人走了進來，腳步聲離書房越來越近。有人朝書房走來了。

勞爾立即做出反應，僅花了五秒鐘就把所有物品歸回原位，然後關上抽屜，關上電燈，閃到一架四摺屏風後方躲了起來。

意外情況還眞刺激，令人興奮不已。它不僅爲人帶來冒險的快感，對他羅蘋來說還可能是個好機會，說不定會有什麼意外收穫。因爲，如果闖進侯爵家的是個陌生人，那他便可弄清楚此人爲何深夜來訪。眞是走運啊，他想！

書房外，一隻手小心翼翼地抓住門把，接著門被推開了一道小縫，緊接著一絲微弱的手電筒燈光射了進來。透過屏風縫隙，勞爾看見一個人影閃了進來。他判斷來人應該是個女的，身材修長，身穿緊身裙，沒戴帽子，此外還有她走路的姿態和模糊的身影都證實了這一判斷。只見那女人停住腳步，四下看了看，似乎在確定自己的位置。接著，她也逕直朝書桌走去，然後舉起手電筒上下照了一遍，確定是書桌後才將手電筒放下。

「她肯定也知道那個暗格，因爲她動起手來如此熟練。」勞爾心想。可是，女人的臉一直埋在黑暗中，沒法瞧見。她果然繞到書桌的正前方，彎下身，抽出羅蘋剛才抽出的那個抽屜，操作一番，暗格便露出。然後她也像勞爾一樣，在裡面翻了起來。她同樣沒理睬那些鈔票，只是拿起每張相片仔細端詳，她來訪的目的似乎就爲了尋找某人的相片。

女人的動作很嫻熟，她對其他照片毫無興趣，一直急切翻找她要的那張。透過手電筒的燈光，勞爾能看見那是隻白皙纖細的手。終於讓她找到了。依勞爾的判斷，這是一張十三乘十八公分見方、中等大小的相片。只見女人拿著照片看了許久，然後又翻到背面看標注題辭，接著，陌生人歎息了一聲。

勞爾見她看得正專心，決定採取行動。他悄悄走近電燈開關，女人絲毫沒有察覺，於是趁她彎身之際，猛地開了燈，一個箭步朝她撲過去，女人來不及反應，一聲驚呼，奪路就要逃。

「別跑，漂亮小姐，我不會傷害妳的。」說著，他追上去，抓住女人的手臂，不顧她的反抗，猛然抓住女孩的頭部。「安東妮！」勞爾認出這就是下午敲錯門的那位金髮小姐，他大吃一驚，低聲叫道。

怎麼可能是她？安東妮是個來自外省的鄉下女孩，模樣天眞，眼神單純，一見面就令他動了心！可是現在，眼前這個女孩慌亂極了，神色緊張。這突如其來的狀況搞得勞爾也感到莫名其妙，不知所措，他只好嘲弄地說：「這麼說，您下午來找侯爵，就是爲了這個！您下午是來勘察地形的，然後等到晚上行動……」

「我沒偷……沒碰那些鈔票……」女孩假裝聽不懂，結結巴巴地說。

「我也沒偷……不過，我們總不可能是來祈求聖母瑪利亞賜福的吧？」他一邊說，一邊抓住女孩的手臂不肯鬆手。

「您是誰我不認識您……」女孩則竭力掙扎，喃喃地說。

勞爾一聽，哈哈大笑起來。「啊，這樣可不好。怎麼？我們今天下午才在我的夾層公寓見過面，這會兒您就不認識我了？您的記性還眞差，我還以爲自己留給您很深刻的印象呢，我美麗的安東妮！」

「我不叫安東妮！」女孩立刻反駁。

「哦，當然，我也不叫勞爾。像我們這種人，每個人都有好幾十個名字呢。」

「什麼樣的人？」

「盜賊啊！」

「不、不，我不是賊！」女孩一聽，氣急敗壞地嚷道。

「怎麼？您沒偷錢，但是偷了相片，這說明相片對您有價值，而要想得到它自然只能靠偷……來吧，給我看看您得來的珍貴相片，我剛才看見您把它塞進了口袋裡。」

勞爾想逼對方交出相片，女孩則用力掙扎，企圖掙脫對方強有力的手臂。就這樣，兩人扭打在一起，如果不是她猛然使勁掙脫開來，勞爾差點就忍不住上前親吻人家呢。

「啊，眞有您的。」勞爾調侃地說，「大塊頭保羅的情婦竟然這麼純情？」

「什麼……您說什麼，什麼大塊頭保羅……我聽不懂……」女孩好像不解其意，結巴地說道。

「我美麗的克蕊拉，妳很清楚的。」勞爾已改口稱呼對方「妳」。

「克蕊拉……克蕊拉……是誰？」女孩越來越感到不安，重複問道。

「好好想一想……我的金髮克蕊拉……」

「金髮克蕊拉？」

「葛傑瑞下午要逮捕妳的時候，妳可是一點都不害怕呢。不過，無論是安東妮也好，克蕊拉也好，都請妳放心。警方下午來了兩次，我兩次都出手相救，這就說明至少我不是妳的敵人……來，笑一個，我美麗的金髮小姐……妳的笑容能把人醉倒……」

女孩卻突然感到一陣虛弱，兩行眼淚奪眶而出，滑過蒼白的面頰。她已失掉掙扎推開勞爾的力氣，只好任憑對方抓住自己的手臂疼惜輕撫，卻並不感到不舒服。

「別難過，安東妮……是的，安東妮……我喜歡這個名字。對大塊頭保羅來說妳也許是克蕊拉，但對我來說妳仍是下午那個敲錯房門的安東妮。我多麼喜歡那個可愛的外省女孩啊，所以妳別哭啊，一切都會好起來的！大塊頭保羅又來糾纏妳了，是不是？他在找妳，妳害怕了？不要怕，有我在呢，只是妳得把事情說給我聽。」

「我沒有什麼可說的……我什麼也不能說……」女孩有氣無力地回答。

「說出來吧，孩子。」

「不……我不認識您。」

「妳不認識我，不過妳信任我。這一點，妳不能否認。」

「也許是吧……我也不知道爲什麼……我覺得……」

「妳覺得我可以保護妳，讓妳感到安全，是不是？如果是這樣，妳就得先幫我一個忙。告訴我，妳是怎麼認識大塊頭保羅的？妳又爲什麼會來這兒？爲什麼要找這張相片？」

「求求您別再問我……我以後一定會全部告訴您的。」女孩壓低聲音說著。

「可是妳必須現在就告訴我，我們已經耽擱了一天，再耽誤一小時就會誤了大事。」說完，他繼續輕撫女孩的手臂，她卻絲毫未覺。但當他輕吻她的手，然後逐漸游移向上去吻她的手臂時，女孩卻厭惡地請求勞爾不要那麼做，他也不再堅持，並不再以「妳」相稱。

「請您答應……」他說。

「再來見您？我答應。」

「並且信任我，好嗎？」

「好。」

「另外，我能幫您什麼嗎？」

「可以的、可以的。」女孩趕緊說，「陪我走一走。」

「您在害怕些什麼？……」

他覺得她在顫抖，只見她低聲說著：

「剛才進來的時候，我覺得有人在監視這棟房子。」

「是警方？」

「不是。」

「那會是誰？」

「大塊頭保羅……還有他的朋友們……」她怯生生說出了這個名字。

「您肯定？」

「我無法肯定，但我感覺自己認出了他……他遠遠地憑靠著碼頭欄杆。我也認出了他的得力助

手，大家都叫這傢伙『阿拉伯人』。」

「大塊頭保羅多久沒見到您了？」

「有幾個星期了。」

「他不知道您今天會來這裡吧？」

「不可能知道。」

「那麼他爲什麼會在這兒？」

「他一向都在這房子四周轉悠。」

「您是說，在侯爵家的房子四周？他和您爲的是同樣目的？」

「我不清楚……不過有一天，他跟我說，他想要侯爵死。」

「爲什麼？」

「我不知道。」

「您認識他的同夥？」

「我只認識那個阿拉伯人。」

「他從哪兒找來這個阿拉伯人？」

「我不清楚，好像是在蒙馬特區的一家酒吧。有一天，我聽他低聲說到那間酒吧的名字……」

「那您還記得嗎？」

「記得……是『小龍蝦酒吧』。」

勞爾沒再問下去。因爲憑直覺，他知道她今天不會再答話了。

chapter 6 首次衝突

「我們走吧！」勞爾說，「不管發生什麼事都不要怕，有我在。」

說完，他四下環顧了一周，看看屋內是否有東西被弄亂，然後便關了燈，牽起安東妮的手，在黑暗中領她走到屋外，輕輕帶上房門，接著陪女孩下了樓。

勞爾很著急，一心想到外面探個究竟，因爲他怕是女孩搞錯了。可是如果她沒說錯，便不免要和那些跟蹤的傢伙鬥上一場，好好教訓他們一頓。但他卻感到女孩伸出的手如此冰涼而沒有溫度，於是只好停下腳步，將她冰冷的小手放在自己的掌心取暖。

「如果您再多瞭解我一點，就會知道只要有我在大可放心。別動，等您的手變得暖和，您就會發現自己的內心充滿勇氣，將不再慌張。」

兩人就這樣手握著手一動也不動地站在樓梯間，大約過了好幾分鐘，小姐已然平靜不少，開口說道：「我們走吧。」

於是，勞爾找來看門人，請他打開公寓大門，他倆便走了出去。

那天夜裡，霧氣濛濛，昏暗的燈光消散在陰影中，街上的行人寥寥無幾。不過勞爾的目光敏銳，立刻發現有兩道人影橫穿過馬路，在人行道上閃了一下，旋即躲在路邊一輛停著的汽車後面。而汽車的旁邊還有兩個人影，看上去像在等什麼人。勞爾本打算拉著年輕女孩往反方向走，可是他忽然改變主意，因為機會來了。只見這時四人迅速散開，朝他們包抄過來。

「一定是他們。」安東妮說著，又開始緊張了起來。

「大塊頭保羅就是那個高個兒？」

「是的。」

「很好。」勞爾說，「等逮到他們，就會知道所有的祕密了。」

「您不害怕嗎？」

「如果您不喊叫，我就不怕。」

此時的碼頭一片冷清，不見一個人影，高個子男人定然是發現這一點，才決定當即行動。只見他和其中一個同夥又跑回人行道，另外兩個傢伙則沿著屋牆朝這邊靠了過來……汽車引擎也發動了，傳出陣陣轟鳴。看來車裡還有一個司機，他準備開車接應了。

接著，一聲清晰的哨響之後，三個男人一起朝年輕女孩猛撲過來，試圖將人拖進汽車。而人稱大塊頭保羅的傢伙則跳到勞爾面前，抄起手槍，指著勞爾的頭。可是沒等大塊頭保羅反應過來，勞爾已將手背一翻，「啪」的一巴掌，拍掉那傢伙的手槍，還嘲笑對方：「眞是個笨蛋！誰會先開槍後瞄準啊？」

之後，勞爾一個箭步又去追另外三名強盜。其中一個跑到人行道上，似察覺後面有人跟了過來，才剛回頭打算看個究竟，卻中了勞爾當頭迎來的一個飛腳，差點沒被踢掉下巴。這傢伙踉蹌了幾步，一下子栽倒在地。另外兩個同夥一看形勢不妙，便扔下女孩，拔腿就朝車子的方向跑，鑽了進去，落荒而逃。掙脫開來的安東妮慌了神，轉身便往另一個方向跑去，大塊頭保羅見狀追去，誰料又被勞爾攔了個正著。

「此路不通！」勞爾大喝一聲，「大塊頭保羅，還是放我們的金髮小姐走吧，她和你之間的事早就已經過去了，你別再糾纏不清了。」

大塊頭保羅試圖硬闖，但勞爾左右攔阻，就是不放對方通行。

「過不去、就是過不去，這可眞好玩，好像在玩捉迷藏，你說是不是？有一個大孩子，一個大塊頭想跑，另一個矮點的高個子不讓他跑，所以女孩便趁機逃跑。現在，好了，她沒危險了，那麼就讓我們開始正式較量吧。大塊頭保羅，你準備好了嗎？」

說著，勞爾猛朝對方撲了過去，一把抓住敵手的前臂，按得他一時動彈不得。「好啊，就讓你嘗嘗鐵手銬的滋味。我說大塊頭保羅，你的幫派還眞是不夠水準，你那些個同夥眞是太笨了！我手指輕輕一彈，他們就嚇跑了。只是我們之間還沒完，來，讓我就著亮光看看你長得什麼德行。」

大塊頭保羅拚命掙扎，發現自己在此人面前竟軟弱得毫無氣力，不免大吃一驚。無論他再怎麼用力，也掙脫不開那兩隻像鐵鉗般卡著他的手。他簡直痛得站不住了。

「來，」勞爾打趣地道，「讓先生我看看你的面孔，別做鬼臉，讓我看看認不認得你……怎麼，夥伴，你不高興，不願給我看？」

勞爾硬是把那傢伙的臉扳轉過來，就像搬重物那樣得一點一點挪動。勞爾使出最後的力氣，大塊頭保羅無論情不情願，臉終究還是被轉了過來，面朝燈光。但那傢伙的面孔卻教他大吃一驚，不禁脫口驚呼：「瓦爾泰克斯！」

鎭靜下來的勞爾忽地笑了起來，嘴裡還唸叨著：「瓦爾泰克斯、瓦爾泰克斯，嘿，眞沒料到是你！這麼說，瓦爾泰克斯就是大塊頭保羅，大塊頭保羅就是瓦爾泰克斯。瓦爾泰克斯一向衣著考究，衣服剪裁得體，還戴著圓頂禮帽。大塊頭保羅卻穿著皺巴巴的長褲，戴鴨舌帽。天哪，這眞有趣！你混跡在侯爵的貴族圈裡，卻又是個強盜幫派的頭子。」

「我也認得你，你就是住在夾層公寓的傢伙……」大塊頭保羅惱羞成怒，咆哮喊道。

「是啊，快叫我勞爾先生，我願爲你效勞。我們兩人現在可都槓到同一件事上了。你得承認，你的運氣確實不好，從今以後金髮克蕊拉可就歸我了。」

「不准你提她的名字……」大塊頭一聽見克蕊拉這個名字，頓時暴跳如雷，嚷嚷道。

「不准我提她的名字？那就先看看你現在這副糗樣吧，夥伴！你瞧，你比我高了半個頭，舞刀動拳肯定樣樣都行，可是到頭來卻被我這兩隻鐵鉗般的手扼得死緊，動也動不得，一副可憐相！不然，你再試著反抗……反抗吧，傻大個。眞的，你這副模樣還眞可憐。」

說著，勞爾鬆開手，放了大塊頭，那傢伙沒再動手，只是嘴裡嘟噥：

「好吧，我們後會有期！」

「怎麼，後會有期？我願意奉陪到底，快滾！」

「你膽敢碰那小姐……」

「不好意思，我已經碰了，夥伴。我和她呀，現在可是好搭檔呢。」

「你撒謊，這不是眞的！」大塊頭保羅一聽，頓時火冒三丈，咬牙切齒地嚷道。

「我們現在不過開了個頭，來日方長，以後有事，我會及時通知你的。」

話說到這兒，兩人都怒視著對方，隨時準備動手。然而，大塊頭保羅大概覺得等到更好的機會再動手也不遲，他罵罵咧咧地叫囂一番後，轉身跑開。

「看我不剝了你的皮。」臨去之前，大塊頭保羅還不忘嚷嚷。

「看樣子要開溜是吧，那好，再見，膽小鬼！」勞爾笑著還擊。

只見這大塊頭一瘸一拐地跑遠，羅蘋猜想這傢伙肯定是裝出來的，因爲瓦爾泰克斯並不跛。

「我得好好提防這傢伙。」他心裡琢磨，「殺人放火，他什麼事都幹得出來。見鬼，除了葛傑瑞，現在又多了一個瓦爾泰克斯……總之，我得把眼睛睜大點！」

勞爾一邊尋思，一邊往自己的公寓走，走到公寓旁的大街上，他發現有個傢伙坐在那裡，嘴裡哼哼唧唧的。勞爾定睛看了看，就是剛才那個下巴挨了他一腳的傢伙。果然，那人也認出了他，起身剛要走，可是走沒幾步又栽了下去，坐倒在地。

勞爾仔細打量那傢伙，此人臉色黝黑，長而稍鬈的頭髮從鴨舌帽下方露了出來。他走上前去，直截了當地說：「夥伴，你就是大塊頭保羅幫派裡那個叫『阿拉伯人』的傢伙，是吧？你想不想賺一千法郎？」

「你——休——想叫我背叛大塊頭保羅！」那傢伙的頷骨被踢傷，足足費了好大力氣才吐出幾個字。

「好極了，我喜歡忠心的傢伙。不過，我不問他的事，只問金髮克蕊拉的事。你知道這女孩住哪兒嗎？」

「不知道。連大塊頭保羅自己也不清楚。」

「那你們爲什麼會守在侯爵的房子門口？」

「因爲她下午來了這裡。」

「你們是怎麼知道的？」

「是我打聽來的。我跟蹤警探葛傑瑞，看見他守在聖拉薩火車站等一班列車到達。原來，那個女孩扮成外省丫頭回到巴黎來了。她吩咐計程車司機到伏爾泰河堤被葛傑瑞聽見，我又聽到葛傑瑞吩咐另一個司機，然後所有人都聚到了這裡。我趕緊跑去報告大塊頭保羅，我們決定守在樓下不動。就這樣，我們守了一晚上。」

「你是說，大塊頭保羅猜到她還會再來？」

「可能吧。他從不跟我多談自己的事。我們只是每天約好一個時間在一家酒吧碰頭，他告訴我下一步該怎麼做，我再轉達下面的人，然後大家分頭行動。」

「如果你肯多說一些，我再多給你一千法郎。」

「其他的，我什麼也不知道。」

「你撒謊。你知道他的眞名叫瓦爾泰克斯，過著兩種身分的生活。因此，我想我一定可以在侯爵家再見到他，然後向警方告發。」

「而他也可以再找到你，我們知道你就是住在夾層公寓的那位先生，下午那丫頭和你碰了面。嘿，遊戲總是危險的。」

「我可沒做什麼見不得人的事！」

「那就好。不過，大塊頭保羅對你可是滿心怨恨，他喜歡那個女孩，喜歡得快要發瘋。你最好防著點吧，讓侯爵也防著點，大塊頭保羅可不好惹。」

「是嗎？」

「我說得夠多了。」

「好吧，兩千法郎，再加二十法郎，叫輛計程車回去吧。」

勞爾回到家裡輾轉不能寐，心裡一直想著白天的事。一想起那金髮女孩的動人模樣，便不禁為之陶然。這樁冒險案件撲朔迷離，可是最誘人、最令他弄不明白的還是那個女孩。是安東妮？還是克蕊拉？哪一個才是那漂亮女子的眞名？女孩的微笑無邪而神祕，眼神純情且撩人，外表既天眞又魅惑得讓人心動。可是無論她顯得憂傷或快樂，全是那麼動人。她的眼淚和微笑出自同一雙眼眸，那眸子卻時而清澈明淨，時而曖昧隱晦。

翌日早上，勞爾打電話給侯爵的祕書庫爾維：

「侯爵呢？」

「先生，侯爵一大早就出去了。僕人替他安排了汽車，他帶走了兩件裝得滿滿的行李。」

「看來，他要出去好一陣……」

「至少幾天吧，他跟我說的。我想，那個金髮女孩也會陪同他。」

「侯爵留地址了嗎？」

「沒有，先生。他總是神神祕祕的，不讓我知道他去哪兒。他很容易瞞住我，首先他自己開車，其次……」

「眞是個笨蛋！聽著，我打算放棄這個夾層公寓。我們的專線電話，你自己來拆吧，連同其他可能引來麻煩的設施也拆了。我會神不知鬼不覺地離開。再見，你會有三、四天收不到我的消息，我有事情要處理。啊，還得提醒你一句，當心那葛傑瑞，他很可能會監視這棟樓，你還是多提防點，那傢伙莽撞又自負，頑固得很，但跟你比起來還是很有頭腦的……」

chapter 7

莊園出售中

沃爾尼克莊園仍舊保有鄉間別墅的風貌，角塔繁複，紅棕色的瓦片錯落如蜂巢般砌在房頂，只是已殘缺了不少。窗外懸著破敗不堪的百葉窗，花園裡的小徑多半都被荊棘和蕁麻侵占。遠處，巨大古堡早已成了廢墟，花崗岩圍牆、箭樓、半倒塌的主塔外牆到處爬滿了長春藤，整座城堡全然走樣。尤其是伊莉莎白・奧爾南當年唱歌所在的那塊中央祭壇，早已在綠浪的包覆下完全無法辨識。

莊園入口處的角塔牆面上，以及進入主院大門的左右兩側，都掛上了「莊園待售」的牌子，別墅主體、附屬建築、田地和牧場等資料也全都一目瞭然。

莊園自掛牌出售以來便定期對外開放，讓感興趣的買家可入內參觀。廣告是寡婦勒巴東請人登報的，她還雇來一名工匠負責重整露臺、維護花園，替荒廢的小徑除草。好奇的人們紛至沓來，只爲來到命案發生的地方憑弔一番。而寡婦和年輕的律師小奧迪加（也就是老奧迪加先生的接班人）仍遵守當年莊園轉手時的規矩，對莊園現任主人的身分依舊守口如瓶。當年買下這座莊園的主人，即如今的賣主到底是誰，沒人知道。

這天上午，也就是尙・埃爾勒蒙侯爵離開巴黎的第三天上午，別墅二樓有扇百葉窗突然被人往外推開，安東妮的金色髮絲飄散出來。這天的她仍穿著那套灰色洋裝，頭戴一頂寬邊遮陽草帽，帽檐直垂到肩上，儼然一副春天的裝扮，她看上去精神很好，笑容滿面，朝著六月的陽光、鬱鬱蔥蔥的樹木、未經修剪的草坪、湛藍的天空，微笑、微笑、不斷微笑著……

「教父!教父！」她看見尙・埃爾勒蒙侯爵正抽著菸斗，坐在距離別墅二十步開外、柏樹樹影下的長凳上，於是興奮叫道。

「哦，妳起來啦。」侯爵開心地回應著，「這麼早？現在才十點鐘。」

「我昨晚睡得香極了。再說，教父，您看看我在櫃子裡發現了什麼……一頂舊草帽。」接著，安東妮探在百葉窗外的身軀消失了，只聽見「咚咚咚」的下樓聲，再一瞧，她已穿過露臺走到侯爵跟前，伸出額頭讓他親吻。

「上帝啊，教父——您還願意讓我這麼稱呼您嗎？感謝上帝，我眞幸福，這裡眞是太美了，您對我太好了，簡直就像住在童話世界裡一樣。」

「這是妳應得的，安東妮，因爲妳願和我分享『一點』妳的身世……我之所以說『一點』，是因爲妳一向不太喜歡說自己的事，可不是嗎？」

「過去的事已經無所謂了，只有當下才是最重要的。要是永遠都像現在這樣，那該有多好啊！」安東妮明朗的臉上似乎掠過一絲陰影，但仍快活地說。

「爲什麼說無法永遠像現在這樣？」

「爲什麼？因爲莊園下午就要拍賣了，因爲我們明晚就要回巴黎了。眞可惜，在這裡，就連呼吸都是件愜意的事。心情時時刻刻都是舒暢的，眼睛時時刻刻看到的都是美景。」

侯爵默不作聲，女孩則把手搭在侯爵的手背上，輕聲問道：

「您是不是不得已才把它賣掉的？」

「是啊。」他說，「妳要我怎麼辦呢？自從我當年腦袋一時發熱，從我朋友朱維爾夫婦手中把它買下來之後，我總共來不到十次，每次也只待一天。我現在需要錢，所以決定賣了它，除非發生奇蹟，否則……」說完，侯爵又笑著補充：「不過沒關係，妳這麼喜歡這個地方，有個辦法可以讓妳再來這兒住。」

年輕女孩望著侯爵，好像沒聽懂。侯爵又笑了起來：「妳瞧！從我們前天到這裡起，我便發現律師奧迪加先生，也就是老奧迪加的兒子和接班人，來這裡拜訪得很勤快呢。哦，我知道這孩子雖然不夠有魅力，但對我的教女倒是很熱情……」

女孩的臉一下漲得通紅。

「教父，您就別再開我玩笑了，我甚至沒認眞瞧過律師奧迪加先生一眼。我之所以一到這裡就喜歡上這處園子，是因爲有您在我身邊。」

「眞的嗎？」

「當然是眞的，教父。」

侯爵很感動。從一開始，當他知道這孩子是自己的女兒時，他這個老單身漢的鐵石心腸就開始變得柔軟起來。她的純眞和美好立刻打動了他。此外，他也被這神祕女孩所吸引，她爲什麼要一直對自己的往事保持沉默？有時她開朗得近乎忘我，很容易激動，但有時她又突然變了個人，在這個自己主動稱他爲教父的人面前顯得有所保留，有些冷漠，甚至還帶有幾分敵意，眞是讓人費解。

奇怪的是，自從他們來到莊園以來，侯爵自己帶給這年輕女孩的也是這種印象。女孩也覺得侯爵時而快樂，時而沉默。事實上，無論兩人有多麼想親近和瞭解對方，也不可能在如此短暫的時間內打破橫亙兩人之間的所有障礙，畢竟他們之前素不相識。可是，尚・埃爾勒蒙非常努力地想瞭解她。他望著她說：「妳和妳母親長得可眞像，我在妳臉上彷彿又看到了她的笑容。」

她不喜歡聽他提起母親，總是藉著問他別的事情試圖岔開話題，他便扼要告訴她城堡發生的那椿命案，以及伊莉莎白・奧爾南的死。年輕女孩聽了心情一時很難平靜下來。

此時，寡婦勒巴東爲他們送上午餐，伺候兩人用餐。

下午兩點鐘，律師奧迪加先生過來喝咖啡，並且檢查拍賣準備工作是否準備妥當。拍賣會訂在下午四點，將於一個臨時開放的客廳舉行。奧迪加是個皮膚白皙的年輕人，看上去有些笨手笨腳。他的性格靦腆，酷愛詩歌，喜歡咬文嚼字，交談時喜歡即興創作一段十二音節詩，最後還不忘賣弄一句──「正如詩人所說」。然後，奧迪加還不時偷瞄年輕女孩，看看她對自己是否有反應。安東妮忍了好久，見這男子沒完沒了地玩弄這些小花招，還把那幾句破詩翻過來倒過去地賣弄一陣，她終於被激怒了，便丟下兩人，獨自前往花園。

拍賣會的時間漸漸逼近，院子裡滿滿是人，人們聚攏在別墅的各個角落，有的站在露臺上，有的待在規則式花園前，三人一群，五人一夥地聊開了。這些人多是這一帶的富裕鄉紳、或鄰近小鎮的市民，以及本地的幾位紳士。依照奧迪加的猜測，大多數人都是來看熱鬧的，潛在買主只有五、六個人罷了。

安東妮碰到幾個趁機前來參觀古堡廢墟的遊客，因爲這裡已許久不曾對外開放。她徜徉其間，也像個來此湊熱鬧看大場面的閒人。可是這時，一只小鐘叮叮噹噹敲響，將所有眞假買家全都召進了別墅，園裡只剩她一人在長滿蕪雜野草和藤蔓的小徑上漫無目的閒逛。

她不知不覺離開了小徑，來到對面爲小土丘所包圍的平臺上。十五年前的那起謀殺案就發生在這裡。雖然侯爵已將命案經過一五一十告訴她，但滿眼的荊棘、蕨草，以及盤根錯節的藤蔓，實在讓她很難辨識確切地點。

安東妮好不容易才走出這裡，來到一處比較好走的地方。可是突然間，她停住了腳步，差點沒叫出聲來。只見離她十幾步遠的地方，有個男人閃了出來，這人大概也和她一樣，被這突如其來的巧遇嚇得停住。前後見面相隔不過四天，這副魁梧的身軀和冷峻的面孔，她怎麼可能忘記。

來人是警探葛傑瑞。

雖然她只在侯爵家的樓梯間匆匆瞥了那人一眼，但她絕對不會認錯。是的，就是那個警探，就是那個嗓音粗礪、語調凶狠的傢伙，就是這傢伙從火車站一路跟蹤自己，想對自己下手。

而此刻，那張凶狠的面孔正浮現野蠻的表情，歪嘴一撇，露出一抹猙獰的壞笑。接著，他壓低聲音說道：「啊，眞是走運！金髮丫頭，妳可眞好找，那天我堵妳三次都撲了空。妳來這兒做什麼？看來，妳也對拍賣感興趣？」

說著，他往前邁了一步，安東妮害怕極了，眞想拔腿就跑。但且不說她已然雙腿發軟，全身沒了力氣，就算有力氣，置身在這盤根錯節的枝枝蔓蔓中，教她怎麼跑得掉？

葛傑瑞又往前走了一步，邊走邊嘲弄地叫囂：「妳已經被包圍了，妳以爲跑得掉嗎？嘿，眞是得來全不費工夫。這些年來，我葛傑瑞一直盯著這起莊園謎案，心想莊園今天拍賣絕不能錯過機會，一定得來看看。沒想到，這一趟還眞有收穫，竟迎面撞見大塊頭保羅的情婦。眞是天意啊，您不得不承認，老天爺對我可眞是厚愛！」說完，葛傑瑞氣勢洶洶地又朝前邁了一步。安東妮勉力撐住身子，不讓自己倒下去。

「看來有人害怕了，瞧瞧，臉色都變了！是啊，現在情勢不妙，相當不妙，因爲這下得向葛傑瑞探長交代金髮克蕊拉和大塊頭保羅之間的事，以及和古堡命案有什麼關係，大塊頭保羅在這樁謀殺案裡又扮演著什麼角色，這一切眞是很有意思啊，可不是？至於我葛傑瑞的看法，嗯，沒什麼好多說的。」說著，他又連走了三步，然後「嗖」地從皮夾抽出逮捕證，繼續惡毒地說：「要不要一字一句唸給妳聽，不必了，是嗎？那妳就乖乖跟我走吧，上車，然後到維琪換乘火車回巴黎。我今天不參加拍賣也不覺得遺憾，讓我捕到一個大獵物，我也就知足了。見鬼！怎麼回事……」

他忽然停頓下來，好像發生了什麼令他目瞪口呆的事，這還眞不可思議，剛才金髮女孩臉上還表現得驚恐不安，這會兒怎麼好像隱隱浮現出微笑。怎麼可能？她爲何不再像落入獵人手中的獵物那樣，害怕地死盯著自己？爲何不再像受驚的小鳥般瑟瑟發抖了呢？她的眼睛在往哪兒看？她在對誰微笑？

葛傑瑞一轉身，忍不住罵了起來：「見鬼！這可惡的傢伙怎麼會來這兒？」

其實，葛傑瑞只看見了一條手臂，有隻手正舉著手槍，從破敗祭壇的某根柱子後方伸了出來，正好瞄準他……而根據這年輕女孩突然平靜下來的反應，他相信，這條手臂、這隻手肯定屬於那位勞爾先生，那個熱心保護金髮女孩的勞爾先生。現在，金髮克蕊拉既然來到沃爾尼克莊園，就可推斷勞爾也到了這裡。而且，這種藏在柱子後方不露面、光伸出手槍嚇唬人的伎倆，正是他勞爾愛玩的把戲。

葛傑瑞也絲毫不猶豫，他是個勇敢之人，在危險面前絕不退卻。況且就算女孩趁機逃跑（她肯

定會），他也追得上，只要人還在花園，他就抓得到她。於是他果斷地朝那隻手的方向撲去，一邊叫囂：「你，好傢伙，別跑！」

只見那隻手倏然收了回去。待葛傑瑞跑到柱廊那裡時，後面早就沒了人，只剩披掛在柱廊之間有如幕簾的長春藤。可是探長並未放慢速度，因爲敵人絕不可能跑掉。他才正準備穿越柱廊，一隻手臂又「嗖」地一下從藤蔓中冒出，這一次手上沒有武器，但對準葛傑瑞的下巴，迎面就是一拳。

這一擊又準又狠，馬上奏效。葛傑瑞立刻失了平衡，栽倒在地，就像上次那個阿拉伯人挨了一腳便倒下去那樣。再看葛傑瑞，他已然失去知覺，什麼都不知道了。

安東妮拚命地跑啊跑，直跑到別墅一側的露臺。她心跳加速，大口大口喘氣，實在跑不動了，只好坐下來休息，待平靜一些後才走進房子；裡面，參觀者已陸續就座。她十分信任那個保護她的陌生人，所以很快便鎮定下來。她相信勞爾一定會制伏那個警探，並且不至於傷害對方。可是勞爾又怎麼會趕到這兒，然後出手搭救她呢？

她豎起耳朵仔細聽著，眼睛一刻也不停地往花園廢墟方向盯著，或是任何她認爲兩人可能正面遭遇的其他地點。但她什麼也沒聽到，也不見半條人影，更未發現任何不尋常的跡象。於是，她放下心來決定找個安全的地方，如此既可躲開葛傑瑞的再次攻擊，又可從莊園另外一個出口逃走。但拍賣會現場的情形吸引了她，令她暫時忘記身處危險。

穿過門廳和接待廳，便來到大客廳。律師請那幾位他認爲有望買下這處地產的買主坐下，其他人則圍在他們身邊三五成群地站著，眼前有張桌子立著三支聖禮場合用的那種瘦長蠟燭。

奧迪加鄭重其事地擺了個手勢，裝模作樣地將拍賣規則說明一番，還時不時與尙・埃爾勒蒙侯爵說上幾句話，人們也就明白了——莊園的主人原來就是侯爵。

拍賣即將開始，奧迪加認爲有必要先簡單說明一些事，於是他扼要介紹了莊園的位置、重大的歷史價值、豪華的外觀和優美的環境，並斷言買下莊園絕不會吃虧。接著，他又再次重申一遍拍賣規則：燒完一支蠟燭需要花一分鐘時間，在最後一支蠟燭熄滅之前，所有買家都可暢所欲言，任意出價，但如果時間耗得太久，最後很可能得付出大筆金額才能標下。

四下鐘聲敲響了。

只見奧迪加取出一盒火柴，抽一根，擦燃，將火苗湊近第一支蠟燭。這一連串動作，就像魔術師即將從黑色大禮帽變出十二隻兔子那樣故弄玄虛。

第一支蠟燭點燃了。大客廳頓時鴉雀無聲，一張張面孔無不顯得緊張，尤其是那些坐著的女人，她們的表情各有不同，有的相當冷漠，有的十分傷心沮喪，有的則表現得灰心洩氣。

一分鐘到了，第一支蠟燭已熄滅，於是律師再次走上前來。「女士先生們，還有兩支。」他劃擦著第二根火柴，燃起第二團火苗，但過了一分鐘，第二支蠟燭也熄滅了。奧迪加帶著遺憾的語氣說：「還有最後一支蠟燭……但願大家都聽懂了……前兩支都燒完了，只剩下這一支。我宣布拍賣起價爲八十萬法郎。抱歉，低於此價概不商量。」

第三支蠟燭點燃了。

「八十二萬五千。」突然間，一個怯生生的聲音叫道。

「八十五萬。」另一個聲音追了出來。

「八十七萬五千。」此時，一位太太匆匆比了個手勢。奧迪加替她報出金額。

「九十萬。」另一位競標者叫道。

然後是一陣沉默。

「九十萬？九十萬？……沒有更高的價錢嗎……女士先生們，這個價錢太低了，這座莊園可是……」奧迪加對此金額感到有些錯愕，連聲問道。

競拍席內仍舊一陣沉默。

眼看蠟燭就要熄滅了，就剩已融化燭油裡的一星殘火。

靜默之間，大廳深處、近門廳的地方，拋出了一個清晰的聲音：「九十五萬。」

人群聞聲分成兩邊讓出道來。一個面容討人喜歡、滿面笑容的先生，從容穩當地走上前來，不慌不忙重複著自己的報價：「九十五萬法郎。」

安東妮一眼就認出——這是勞爾先生。

chapter 8

不尋常的盟友

儘管律師奧迪加自稱久經拍賣場面，遇事冷靜，但這回仍不免有些錯愕，競標金額從九十萬直接跳到九十五萬，一下子越了兩級，這可不多見。

「九十五萬法郎……還有沒有人要出價？九十五萬法郎……成交。」他竭力讓自己鎮定下來，於是又問了一遍。

話音一落，所有人都簇擁到這位姍姍來遲的先生身旁。奧迪加有些不放心，稍感猶豫，便走過去打算再次向他確認，並探聽對方的姓名和其他細節；但他已從勞爾的眼神看出，這位先生似乎不是可任人牽著鼻子走的人。而交易自然有一定的慣例和規矩該當遵守，因此不能當著眾人的面談。於是奧迪加連推帶請地把所有不相干之人都送出去，好騰出大客廳來談這筆性質特殊的交易。等他

回來時，勞爾早已坐在桌前，手裡正拿著鋼筆簽支票。尚．埃爾勒蒙侯爵和安東妮則站在稍遠處，一聲不響地看著勞爾的每個動作。

只見勞爾站起身，以一副泰然自若、了然於心的瀟灑神態對律師說：「奧迪加先生，一會兒我就去您的事務所拜訪。到時候，您就有充分的時間查驗我的身分證件。此外，您還需要瞭解什麼其他細節嗎，可以現在問我。」

奧迪加眞是快被搞混了，他這個律師反倒成了讓人牽著鼻子走的人，他回答道：「首先是您的姓名，先生。」

「這是我的名片——堂．路易．佩雷納，葡萄牙王國臣民，原籍法國。這是我的護照，還有其他必須的資料。按照規矩，我開了一張支票，預付一半訂金，開戶行是葡萄牙信貸銀行，在里斯本。另一半款項，待我和尚．埃爾勒蒙先生談妥日期後，到期再付。」

「我們需要談談？」侯爵驚訝地問。

「是的，先生，我有好些有趣的事要告訴您呢。」

律師越來越糊塗了，他實在有很多問題想問，畢竟說到底——誰能證明此人戶頭裡有足夠的錢？誰又能保證在支票兌現前，他戶頭裡的錢不會短少？還有，誰能……？但他終究還是沒有開口。面對這樣一個人，你會不由自主地感到惶恐不安，不知所措。奧迪加的直覺告訴他，這個人很可能是個做事不假思索的人，總之，對自己這種一向照章辦事的專業司法人員來說，算是個相當難對付的危險人物，考慮再三之後他便說：「先生，那我在事務所等您。」

奧迪加說完，便挾著公事包離開。尙・埃爾勒蒙侯爵還有話想和律師說，於是一直陪他走到屋外的露臺上。安東妮剛才也忐忑不安地聽完勞爾那番話，現在也想跟著侯爵一起出去。但勞爾很快便把門關上，將女孩拽了回來。她不由得感到慌張，想到屋內還有另一扇門，便逕直朝門廳方向跑去。勞爾追上，一把摟住她的腰。

「喂，您今天怎麼啦？」他笑著問，「看到我一副驚慌的樣子。難道我們不認識了？剛才我還幫您把葛傑瑞引開了。那天夜裡，也是我把大塊頭保羅趕走的，難道所有這些事，小姐您都忘了？」

他想在對方的細頸吻上一吻，可是女孩卻躲開，他只碰到了衣領。

「放開我。」她結結巴巴地說，「放開我……您這樣讓我很不舒服……」女孩固執地將身子轉向門口，試圖搆到門把，開門出去。她用力掙脫著，惹得勞爾生了氣，便摟住她的頸子不放，將她的頭往後扳，粗魯地把嘴湊到她拚命閃躲的唇上。

「無恥，我要叫人來了……無恥！」女孩慌張地大叫起來。

勞爾倏地鬆開她，因為他聽見侯爵的皮鞋踩在門廳石地板上發出的「噠噠噠」響聲，於是勞爾冷笑道：「您運氣眞好，不過我也料到會是這種結果。見鬼，那天晚上在侯爵的書房裡，您可是溫柔得多。不過沒關係，我的美人，您知道我們一定還會再見面的。」

這時，安東妮也打消開門的念頭，退了回來。當尙・埃爾勒蒙侯爵推門進來時，發現安東妮的神態顯得躊躇不決，又有些激動，於是便問：

「妳這是怎麼啦？」

「沒……沒有什麼。」她喘不過氣地回答著，「我本來有事想跟您說。」

「什麼事？」

「不……沒什麼……我弄錯了，教父……」

侯爵轉過身看看一臉笑咪咪的勞爾，表示不解，於是勞爾回答：「我猜，小姐是想告訴您剛剛發生了一個小誤會，我也正打算親自向您澄清呢。」

「先生，我不明白您在說什麼。」侯爵一頭霧水地說。

「是這樣的。剛才我說出自己的眞名叫『堂・路易・佩雷納』。可是由於我個人的關係，在巴黎時我用的是假名『勞爾』。侯爵先生，我就是用這個名字租了您在伏爾泰河堤寓所的夾層小公寓。不久前有一天，這位小姐到您府上拜訪，不小心走錯了樓層，先按了我家門鈴。我告訴她，她敲錯門了，跟他說我叫勞爾。於是今天，她聽到我的眞名便感到有些訝異……」

尙・埃爾勒蒙侯爵聽完也覺得詫異——這個怪人的行止頗爲可疑，身分也有待查證，他今天來這裡究竟想幹什麼？

「先生，您究竟是誰？您剛才還要求要與我談一談……我們要談些什麼？」

「談什麼？」接下來，勞爾侃侃而談，直到談話結束都沒看女孩一眼，「談一樁生意……」

「我不做生意！」侯爵硬生生把話丟回去。

「我也不做生意。」勞爾肯定地說，「但我關心別人的生意。」

這話一出更讓人感到不舒服。他是不是來訛詐的？還是自己的什麼冤家對頭準備攤牌威脅自己？尚・埃爾勒蒙下意識摸了摸口袋裡的手槍，然後看了教女一眼，想看看她的反應，安東妮則一直緊張地專心聆聽二人說話。

「您就直說吧，先生，」侯爵說，「您想幹什麼？」

「找回您應得的遺產。」

「遺產？」

「您外公的遺產，那份下落不明的遺產，您之前曾委託一家事務所去尋找，可是沒有什麼結果，不是嗎？」

「啊，」侯爵笑著叫道，「原來您是偵探事務所的代表！」

「不是，只能算得上業餘偵探，我喜歡幫別人的忙，而且有個怪毛病，就喜歡接這類案子，但純屬個人愛好，我喜歡蒐集各種案件，弄清問題，解開謎團。請原諒我沒法告訴您，從以前到現在，我在這個領域的成績有多麼顯赫出眾。我曾解決遺留了數百年的重要懸案，發掘出很多具歷史價值的寶藏，也偵破很多難解的謎團……」

「好傢伙！」侯爵高興地讚道，「當然，您也因此小小賺了一筆，可不是？」

「一個法郎也沒賺。」

「您就這麼樂意做白工？」

「完全出於興趣。」

勞爾笑容可掬地說完這番話，這可和他那天跟庫爾維說的計畫相差十萬八千里——他羅蘋若拿到兩、三千萬，將只分給侯爵百分之十。但現在只要能在侯爵面前，尤其是在這年輕女孩面前展現自己的能力，他寧願放棄大筆錢財，白白把錢送給對方。勞爾在屋裡踱來踱去，昂然著頭，爲自己占了上風、鬥贏侯爵而洋洋得意。

「這麼說來，您有線索要告訴我？」侯爵氣勢敗陣，對這一切又感到莫名其妙，便再沒了剛才譏諷口氣說道。

「不，相反地，我今天來是爲了找您瞭解情況。」勞爾快活地說，「我此行的動機很簡單，就是向您提出合作。先生，您知道的，在我經辦過的那些案件中，總會有一段摸索期。要是當事人在一開始就願意把詳細情況告訴我，那麼這摸索期就會短暫得多。可惜很多時候，事情總無法盡如人意，當事人不是保持沉默，就是故弄玄虛。這樣一來，我就不得不每個細節都要照顧、查個清楚，時間也就這麼一點一滴耽誤了。爲了您自己的利益考量，我建議您還是少讓我走些彎路爲上，我今天來，就是想請您把所知的一切都和盤托出，像是這筆神祕的遺產究竟是指什麼？您又是否曾請求司法當局介入？」

「您想知道的就是這些？」

「當然不只這些！」勞爾喊了起來。

「那還有什麼？」

「還有，在您買下沃爾尼克莊園之前，這裡發生的謀殺案究竟是怎麼回事。這件事，我能否當著小姐的面請問您？」

「也不是不可以，因為我已經把伊莉莎白・奧爾南的死，以及當時情況通通告訴我的教女了。」侯爵不禁打了個冷顫，低聲回答著。

「但您向司法當局隱瞞的祕密，大概沒告訴您的教女吧？」

「什麼祕密？」

「您曾經是伊莉莎白・奧爾南夫人的情人。」勞爾才不管尚・埃爾勒蒙已然慌了神，仍繼續自顧自地說著：「最讓我困惑、摸不著腦的就是這一點。這個女人慘遭謀殺，身上的首飾也都被搶走。警方介入調查，詢問了包括您在內所有現場的人，但您卻隱瞞了自己與死者的親密關係。為什麼絕口不提？為什麼隨後又要買下莊園？您也派人在莊園裡進行私下調查嗎？難道您知道什麼當時報紙未披露的細節？總之，沃爾尼克莊園謀殺案與您外公的遺產遭劫案，這兩者之間會不會有什麼關聯？兩件事會不會是同一批人所為，是不是出於同一個緣由，又會不會都為了同一個目的？先

生，這就是我全部的問題，希望能得到您明確的答覆，這樣事情也能進展得快些。」

接下來是一陣長久的沉默，顯然，侯爵先生正在考慮，可是後來他卻像打定了主意，不準備回答勞爾的任何問題。勞爾一看這場面，無奈之下只得聳聳肩。

「那太遺憾了！」勞爾提高嗓門說道，「您決定閉口不談，還眞是遺憾！難道您不明白，發生過的事永遠不可能就此塵封？您認爲只要自己絕口不提，就不會再有人來關切？可是其他捲進來的人可不這麼想，他們的腦袋會一直盤算著，永遠不會忘記，因爲只要他們一日未從中拿到好處，就不會甘休。希望您能好好考慮我這番話。」

「先生，根據我的瞭解，現在已經有四夥人介入此事，他們正在展開行動，竭力調查您的過去。」這會兒，他又湊到侯爵身邊坐下，再次一字一句地補充說明：「第一是我自己。所以，我在伏爾泰河堤租了您的夾層公寓住下，而今天我又趕到這裡買下您的莊園，就是因爲我不想讓它落到其他人手裡，我必須走在他們前面。第二是金髮克蕊拉，就是那個惡名昭著大盜大塊頭保羅的老情人。有天夜裡，那個女孩潛入您伏爾泰河堤寓所的書房，抽出了您書桌裡的暗格抽屜，翻出一堆相片，像是在找什麼東西。」

勞爾停了一下。他克制自己儘量不去看年輕女孩。他將身子完全側向侯爵這一邊，注意力都集中在他身上，一邊說話一邊緊盯著對方的眼睛，一看到侯爵的眼神軟弱了下來，便趁虛而入，繼續低聲說道：

「現在，我們來說說第三夥人，我確定這個傢伙是最危險的。這第三夥人的頭目，就是瓦爾泰克斯。」

「您說什麼，瓦爾泰克斯？」侯爵一聽，嚇了一跳。

「是的，瓦爾泰克斯，他是伊莉莎白・奧爾南的姪兒或表親，反正他們是親戚。」

「不可能！這怎麼可能？」侯爵全然不同意、不可置信地說，「沒錯，瓦爾泰克斯是個賭徒，是個放蕩傢伙，他品行不好，這些我都承認。可是說他是個危險人物？得了，怎麼可能？」

「先生，瓦爾泰克斯還有另外一個名字，確切地說是個綽號，他這個綽號可謂人盡皆知。」勞爾繼續面朝侯爵說下去。

「人盡皆知？」

「警方正在通緝他。」

「什麼？不可能！」

「瓦爾泰克斯——就是大塊頭保羅！」

「什麼？大塊頭保羅？那個匪徒頭子？不可能，這怎麼可能。瓦爾泰克斯不會是大塊頭保羅，您憑什麼這麼說？不、不，瓦爾泰克斯不會是大塊頭保羅！」侯爵這一驚吃得可不小，差點喘不過氣來。

「瓦爾泰克斯——就是大塊頭保羅！」勞爾冷冷地回答著，「我剛才跟您說的那天夜裡，大塊頭保羅也帶了同夥守在河岸上，監視他那個夜潛入您河堤寓所的老情人。等克蕊拉一從您家裡出來，他便準備把人擄走，當時我就在現場。後來我跟他打了起來，看見他的眞面目，我才認出他就是瓦爾泰克斯。這傢伙一個月來一直在您家裡附近轉悠，早就被我盯上了。這就是第三夥人。至於第四夥人，那自然是警方，雖然警方早已宣布放棄這樁陳年疑案的調查，可是那個固執又愛記仇的探長可從不打算善罷甘休，我說的就是——當年負責謀殺案的警探，法院那名無能的幫手，我們的葛傑瑞大探長。」

有兩次，勞爾壯起膽子朝年輕女孩那邊瞄了一眼。安東妮坐在背光位置，沒讓他看清她的臉。不過，他能猜出在自己毫無保留道出她所扮演的神祕角色後，此刻的她定然已失了神，內心惴惴不安。

侯爵聽了勞爾這番話，也徹底失了主意，他點點頭接著說：「我記得這個葛傑瑞，不過他從沒盤問過我，我猜他不知道我和伊莉莎白．奧爾南之間的事。」

「他不知道。」勞爾肯定地說，「不過，他一看到莊園拍賣的廣告，今天也趕來了。」

「當眞？」

「我剛才在花園的古堡廢墟撞見他了。」

「這麼說，剛才的拍賣他也參加了？」

「他沒參加。」

「什麼！」

「他一直都沒能離開廢墟。」

「什麼？這是怎麼一回事？」

「是的，我覺得還是讓他留在那兒更好些，所以我堵住了他的嘴，也蒙住了他的雙眼，手腳都被我綁了起來。」

「先聲明，這些事跟我毫無關係！」侯爵一聽，又打了個冷顫。

「先生，您放心，不會牽連您的，責任全由我一個人承擔。我把事情告訴您，純粹是出於對您的尊重。先生，我認爲讓您清楚明白我所知道的一切，這樣對我們大家來說是最安全的，這樣對事情的進展也會更順利。」勞爾笑著說。

這下子，尙・埃爾勒蒙侯爵終於明白這號盟友要將他帶往何方，他自然無論如何也不願就範，可是現在話已經說到這個程度，他要怎樣才能不被對方牽著走？又有什麼辦法能夠繞過去？

「先生，現在的情形就是這樣，事態已經岌岌可危，隨時都可能變得更糟。瓦爾泰克斯這夥人尤其是變數，所以我不得不從現在就開始介入。畢竟大塊頭保羅連自己的老情人也敢威脅，據我所知，這傢伙也決定對您下手。因此，我準備正面進攻，明晚就通知警方逮捕他。至於以後會發生什麼事，我想警方自會查明大塊頭保羅的眞實身分就是瓦爾泰克斯。而他會不會被迫說出您和伊莉莎白・奧爾南之間的事，等於十五年後再次將您扯進那樁從未偵破的謀殺案？這可就不一定了，所以

我才會急著想知道您所掌握的所有情況……」勞爾接著繼續說，但不忘停頓一下等對方的反應。

「我什麼也不知道……沒什麼好對您說的。」這回，侯爵沒猶豫太久便回答。

「那好吧，還是讓我自己去查個清楚吧，不過這樣一來，我就得花上很長的時間，而且就像人們常說的那樣，到時可能會有麻煩，同時也會造成某些人的損失，您既然願意這樣，我也沒有辦法。先生，您打算什麼時候離開這兒？」勞爾識趣地站起身來說道。

「明天早上八點，我們坐汽車離開。」

「很好，就算葛傑瑞掙脫了束縛再追出去，最快也只能趕上明早十點維琪那班火車。所以眼下您用不著擔心什麼，只要交代那看守莊園的寡婦，要她別把您和小姐的去處告訴葛傑瑞就行了。您回巴黎？」

「我會在巴黎過一夜，然後到國外待三個星期。」

「三個星期？那我們二十五天後再見一次面吧？也就是七月三日，星期三，下午四點，就在這別墅前面露臺的長椅上，您看如何？」

「沒問題。」尙・埃爾勒蒙侯爵回答，「我會利用這段時間再好好考慮一下。」

「考慮什麼？」

「考慮您剛才說的話，還有您的建議。」

「先生，到時好像就太遲了。」勞爾一聽，笑了。

「太遲了？」

「天哪，我可拖不了那麼久的時間，來處理您尚・埃爾勒蒙家族的事。二十五天，事情早就解決了。」

「什麼事情解決了？」

「您，尚・埃爾勒蒙侯爵的事情啊。七月三日，下午四點，我會把謀殺案的眞相，以及關乎那椿謎案所有錯綜複雜的謎底通通告訴您。到時候，我還會將您外公的遺產交還給您……這樣，小姐就可以留下這座莊園，一直在這裡住下去了。她似乎非常喜歡這個園子呢，如果您願意，只要把我剛才簽署的支票退還給我就行了。」

「可是……可是……」侯爵結結巴巴，語無倫次地說著，「您當眞……做得到？」

「只是現在還有一個小麻煩。」

「什麼麻煩？」

「人們以爲我已經不在這個世界上了。」

說完，勞爾抓起帽子，向安東妮和侯爵鞠躬行了個禮，再沒多說一句話，轉身大搖大擺、很有派頭地離開了——當他對自己的表現特別滿意時就會這樣。

不久，從門廳傳來清脆的腳步聲，過了一會兒，大門「砰」地一聲關上。

「不行……不行……自己的心事怎麼能隨便對陌生人說……何況我也沒有什麼特別的事要告訴

他，再者我也沒答應要跟那傢伙合作。」這會兒，侯爵才從一連串錯愕中清醒過來，若有所思地自語著。他見安東妮一直沒說話，便問：「妳也這麼想，是不是？」

「我不知道，教父……我沒有主意……」小姐有些尷尬地回答著。

「怎麼？這騙子不知道從哪裡冒出來的，用假名來管我的事，誰知道他有什麼企圖，甚至不把警方放在眼裡，冒冒失失地嚷嚷說要把大塊頭保羅交給他們……」侯爵停了下來，沒再繼續數落勞爾。他想了想，過了一、兩分鐘，簡單下了個結論：

「他看來是個厲害角色，很有可能成功……他，是個不尋常的傢伙……」

「他確實不尋常。」年輕小姐小聲重複道。

chapter 9

追捕大塊頭保羅

勞爾與律師奧迪加的會面很簡短。律師提了一些完全無關緊要的問題，勞爾則一一明確而不容置辯地加以回答。奧迪加感到很滿意，打從心底欣賞自己的處事細緻和精明，答應對方將儘快辦好一切必要手續。

之後，勞爾洋洋得意地離開村子，親自駕車回到維琪，他在那裡訂了個房間。吃過晚飯，大約晚上十一點光景，這位大冒險家閒不住，又悄悄驅車趕回沃爾尼克。他在四周轉了轉，莊園的圍牆很高，除了有這般好身手的他，普通人很難翻越過去。不過，圍牆的側面居然有道缺口，於是他從那裡鑽進去，逕直朝古堡廢墟而去。他來到長春藤底下查看葛傑瑞探長的情況，看來塞在他嘴裡的布和捆綁用的繩子都沒動過的跡象。於是，勞爾俯下身子，湊到大探長的耳邊輕聲說：

「我是下午那位讓您在這裡養精蓄銳、休息幾個小時的好心人。看樣子您似乎很喜歡待在這兒，所以我替您帶了一些甜品、火腿、乳酪、紅葡萄酒過來。」

勞爾好心拿出葛傑瑞嘴裡的布，誰料對方非但不領情，反倒破口大罵起來，只不過這個時候，他的聲音已然嘶啞哽塞，哇啦亂罵一氣，讓人根本聽不清。

「葛傑瑞先生，您一定餓壞了，您就別再浪費力氣罵人了，很抱歉讓您受了這麼大的苦。」勞爾苦心勸他。說完，他又把布塞進了葛傑瑞嘴裡，仔細檢查綁在探長手腳上的繩子，確認無法掙脫後才離去。

此時，花園裡一片靜寂，露臺上也空空蕩蕩，所有的燈光都熄滅了。勞爾下午離開時發現車棚下有一具梯子，他便取來梯子。他知道尙・埃爾勒蒙侯爵睡在哪個房間，於是架好梯子爬了上去。夏天的夜裡天氣悶熱，窗戶全都敞開著。勞爾嫻熟地撬開外面百葉窗的插銷，爬了進去。

他聽見睡得正酣的侯爵均勻地呼吸著，於是大膽擰亮了手電筒，照亮侯爵整整齊齊疊放在椅子上的衣服。勞爾在上衣口袋摸到了皮夾，打開皮夾，找到安東妮的母親寫給侯爵的信。他夜裡潛入莊園就是爲此目的，便馬上展信讀了起來。

「果然不出我所料，」勞爾心想，「這位美麗的夫人，也是風流倜儻的侯爵過去其中一位老情人。安東妮是他們的女兒，我這趟還眞是不虛此行。」

勞爾趕緊把東西放回原處，然後順著原路，從窗戶爬了出來。

侯爵臥室向右數去第三個窗戶就是安東妮的房間。勞爾不由自主地把梯子挪過去，又爬了上去。這邊也是一樣，百葉窗插在外面，但窗戶是開著的。他翻進窗子，擰亮手電筒照著女孩的床，安東妮正面朝牆壁靜靜地睡著，一頭金髮披散開來。

勞爾愣在那裡，一分鐘過去了……接著又是一分鐘……再一分鐘。他為什麼反倒不敢動了呢？她現在正毫無防備地躺在床上，他為什麼遲疑不前，不敢走近？那天晚上，在侯爵的書房，他清清楚楚感覺到安東妮並不抗拒，而是聽任他抓住自己的手，撫摸她的手臂。現在有這麼好的機會，他還在等什麼？雖然女孩下午的舉動有些出乎他意料，但他知道她抗拒不了。

勞爾不再猶豫，只見他轉過身，順著梯子又爬了下來。「唉，」他離開莊園時心想，「有些時候就是這樣，最機靈的人也會變成傻瓜。要知道，只要我想就一定可以……但有時做人還是不能太任性，不可以為所欲為……」

他回到維琪，休息了一夜，第二天一大早便驅車趕回巴黎，他對自己的表現感到很滿意。現在他深入了事件的核心，他已經介入尙・埃爾勒蒙侯爵父女之間，且安東妮對他信任有加，自己又得到了一處歷史悠久的莊園房產。自從他主動介入以來，才過了幾天事情就有這麼大的轉機！不過，做為回報，他並不要求娶尙・埃爾勒蒙侯爵的女兒……

「不、不，我只是個卑微平凡的人，沒有雄心壯志，我不在乎什麼顯赫的門第。不，我所追求的是……是啊，我到底在追求什麼呢？侯爵的財產？莊園？還是成功的欣喜？笑話！我追求的只是安東妮，就這回事，沒別的。」勞爾繼續低語，「我眞是個貪心之人！幾百萬法郎，百分之十的佣金，我竟然不在乎。爲了換取女孩的芳心，爲了裝點自己的形象，我竟讓這一切都付諸流水。見鬼，眞是個傻瓜，癡人唐吉訶德，譁眾取寵的小丑！」

就連勞爾自己都感到意外，他居然如此想念那個女孩。只是他感到很奇怪，自己想念的並不是沃爾尼克莊園那個舉止惴惴不安、令人迷惑而不敢直視的安東妮，他想念的也不是那天夜裡潛入侯爵書房那個陰鬱悲傷、受噩運掌控的安東妮，他想念的是那個一開始出現在他家客廳鏡子裡的安東妮，那個陰錯陽差敲錯他家大門的安東妮。那一刻，她是多麼綽約迷人，又是多麼無憂無慮，快快活活，滿懷希望。在苦難深重的命運中，那只是轉瞬即逝的一刻。然而那一刻的溫馨和愉悅，卻令他難以忘懷。

「可是，」勞爾不禁要琢磨，「可是，她爲什麼會有這些反常舉動？她想方設法要獲取侯爵的信任，到底是出於什麼不能說的祕密？她猜到侯爵是自己的父親了嗎？難道她想爲母親報仇？還是她想得到財產？」

一路上，勞爾滿腦子想的都是這個讓人琢磨不透、多愁善變的美麗女孩，他想著她的微笑，想著她欲言又止的躊躇，想著她的種種神情，因而不免一反常態，車子開得出奇地慢。他在途中吃了午餐，直到近下午三點才回到巴黎。一到家，他便打算先去看看庫爾維那邊有沒有新進展。可是勞爾才剛走完一半的階梯，似乎突然想到什麼，便三步併兩步跨上最後幾級，像瘋子般衝向房門，闖了進去，剛好撞上正在收拾房間的庫爾維。他才不管庫爾維的反應，便趕緊撲到電話旁咕噥地撥起電話來——

「見鬼，我全忘了，本來要跟奧爾佳一起吃午餐的。喂，小姐。喂，特羅卡代羅大飯店嗎，請接王后的套房。喂，請問您是哪位？是替王后按摩的？……哦，是妳呀，夏洛特。親愛的，怎麼樣，還是不滿意妳現在的職位？什麼，妳說什麼，國王明天到？奧爾佳大概生氣了吧！妳讓她接電話……快，親愛的。」他等了幾秒鐘，然後開始用愉快的語調輕聲地說：「終於把妳等來了，我美麗的奧爾佳。這兩個鐘頭以來，我一直都在想妳，妳說我傻不傻。嗯，妳說什麼，我是個壞蛋。哦，奧爾佳，妳別生氣。妳怎麼能怪我，我的汽車拋……我……我離巴黎有八十公里……妳知道的，在這種情況下……喂，親愛的，妳怎麼樣？在做按摩？……啊，我美麗的奧爾佳，眞可惜我不在妳身邊……」

可是，只聽「哢嚓」一聲，美麗的奧爾佳生氣了，勞爾被掛電話。「算我走運，」他自我調侃道，「她一定是氣瘋了。唉，反正，我也開始煩膩這位王后了。」

「波羅斯蒂里的王后！」庫爾維小聲嘀咕著，像是在責備勞爾——「居然連王后也敢嫌煩！」

「庫爾維，還有比她更好的。」勞爾嚷嚷道，「那天來的女孩，你知道她是誰嗎？不知道？嗯，你還眞是不大機靈……她可是尙·埃爾勒蒙侯爵的私生女，侯爵年輕時眞是個風流倜儻的男子。我們一起在鄉下住了兩天，我很討他喜歡，他便答應把女兒許配給我。到時候，你就當我的男

儐相。哦，對了，順便告訴你一聲，他要把你趕出門了。」

「什麼？」

「或者說，他有可能把你趕出門。所以你不如自己先提辭呈，留句話給他，就說你妹妹病了。」

「可是我沒有妹妹。」

「那正好，這樣就不會給她帶來什麼麻煩了。然後，收拾幾件衣服就溜吧。」

「您要我溜去哪兒？」

「隨便哪兒都行，除非你願意住在我們奧圖區那幢小房子的車庫頂上。你願意？那好，就去那兒吧。去收拾吧，快一點。不過要當心，千萬別弄亂我岳父家裡的東西，否則別怪我不留情面，要警方把你關進牢裡。」

庫爾維嚇壞了，趕忙離開。勞爾留在原地待了很久，看看是否遺漏了什麼可疑的東西，然後把沒用的廢紙一一燒掉，直到四點半才又駕車離開。他來到里昂火車站，打聽清楚從維琪來的列車將在哪個月臺進站，然後來到月臺出口耐心等候。

列車準時抵達，勞爾望向不斷朝出口湧來的人流，一眼就看到葛傑瑞那魁梧的身軀。只見我們的大探長拿出證件在驗票員面前晃了晃，便立刻通行。他一出站，就有隻手搭在他的肩膀上，然後一個親熱的臉孔笑盈盈地湊了過來：「怎麼樣，探長先生？」

葛傑瑞並不是個輕易大驚小怪的人，他當了這麼多年的警探，什麼大風大浪沒見過，可是這回他仍不免感到困惑，似乎有種說不出的滋味。

勞爾覺得他的反應還眞怪，問道：「我親愛的朋友，您這是怎麼啦？您沒有生病吧，我來接您，本來是想讓您高興一下的。不過，既然我已經對您表現出友善和親熱，那也就夠……」

葛傑瑞一把抓住對方的手臂，甩到一邊，氣得發顫地說：「眞……眞是大膽！你以爲昨天晚上在廢墟，我不知道是你嗎？見鬼，簡直就是個無賴，不過這樣正好，那你就跟我走一趟，到警局去把話說清楚。」葛傑瑞不顧形象地扯著嗓門嚷嚷，引來好些好奇的旅客停下腳步看熱鬧。

「我的老夥伴，如果這樣能讓您開心一些，那我去就是了。」勞爾安慰對方道，「不過您先冷靜一下，好好想一想，我來這裡找您，主動跟您說話，一定是有要緊事。我可不是來自投羅網的，那有什麼樂趣可言。」

此番話說得葛傑瑞不知如何是好，一下沒了火氣，強忍住怒氣地說：

「你想說什麼？有話快說！」

「我是來向您透露某人的消息。」

「什麼消息？哪個人？」

「您恨得牙癢癢的那個人，您的宿敵，那個本來被您逮住後來又溜走的傢伙。您時時刻刻都想逮住他，只要逮到他一定會替您的功勳再添無比光榮。還需要我說出他的名字嗎？」

「大塊頭保羅？」葛傑瑞臉色有些蒼白，嘟噥地問。

「就是大塊頭保羅！」勞爾肯定地說道。

「那又怎樣？」

「什麼那又怎樣？」

「你來車站接我，就是爲了跟我說大塊頭保羅的事？」

「正是。」

「這麼說來，你有什麼消息要告訴我？」

「比這個還好，我有禮物要送給您。」

「什麼禮物？」

「告訴您可以在哪兒抓到他。」

葛傑瑞默不作聲，勞爾卻已看出他內心的激動——瞧他鼻孔直顫，眼皮直眨，毫不緊張。終於，我們的大探長開口了，輕聲問道：

「八天之後？還是兩星期後？」

「就在今晚。」

「這情報你開價多少？」葛傑瑞的鼻孔和眼皮又再度發顫直眨。

「三個法郎五十蘇。」

「別胡說……你到底要什麼？」

「還我和克蕊拉一個平靜的生活。」

「我答應你。」

「此話當眞？」

「當眞。」葛傑瑞假惺惺地奸笑著。

「你除外，再帶五個人。」

「天哪，這麼說，那幫傢伙人不少？」

「可能不少。」

「那我帶五個青壯小夥子去。」

「你認識阿拉伯人嗎？」

「當然，那個可怕的傢伙。」

「他是大塊頭保羅的得力助手。」

「說下去……」

「他們每天晚上都聚在一起喝酒。」

「在哪兒？」

「蒙馬特區，小龍蝦酒吧。」

「我知道那個地方。」

「我也知道。他們都是在地下酒窖碰頭，因爲那兒有一道暗門，方便逃跑。」

「很好。」

「我們六點四十五分在酒吧見。你們一到，就帶著槍直接衝到地下室，我會在裡面接應。不過，當心，別亂開槍，千萬別傷到一個頭戴英式賽馬騎士帽的好人，那就是我。我會扮成那副模樣在裡面等你們。另外，安排兩個人守在暗門，以防有人逃走，聽懂了嗎？」勞爾不忘仔細囑咐葛傑瑞一些細節。

葛傑瑞上上下下仔細打量眼前這個傢伙，心想：「他爲何不和警方一塊兒行動，一起衝進酒吧？難道他想要什麼花招？是想變戲法害我嗎？」

是的，葛傑瑞對大塊頭保羅恨之入骨，但他同樣不喜歡眼前這傢伙。昨天，自己被這傢伙狠狠捉弄，在花園的古堡廢墟乾凍了一夜，吃了那麼多苦頭，受了那麼多屈辱。可是，這傢伙現下所提的計畫卻那麼誘人！抓到大塊頭保羅……事成之後一定會造成不少轟動！

「好吧！」葛傑瑞心想，「先解決大塊頭保羅，改天再抓這傢伙吧……還有那個金髮克蕊拉。」於是，他大聲補上一句：「就這麼說定了，六點四十五分，我們突襲小龍蝦酒吧，展開抓捕行動。」

chapter 10

小龍蝦酒吧

光顧小龍蝦酒吧的常客大多是些遊手好閒的傢伙——窮困潦倒的畫家、職場失意的記者，或是丟了飯碗的公司職員等等。此外，這地方也是面色蒼白、模樣可疑的年輕男子，以及戴上插滿羽毛的帽子、故意袒露繽紛胸衣在外的濃妝豔抹小姐們的最愛。不過，這些人基本上還算安分。如果您想找一個更有意思的地方，或尋求更特別的氣氛，那就不必進來店裡，而是繞過店面，走進一旁的死巷，來到酒吧後方。那裡有個肥得溢出油來的大胖子癱坐在扶手椅上等您，他就是酒吧的老闆。

每一副生面孔都必須在這把扶手椅前停下，與老闆攀談幾句話，才能朝那道小門而去。進了門，穿過一條長長的走廊，然後就來到另一扇以鐵釘加固的窄門。推開這道門，熱鬧的音樂、夾雜著菸草味和熱烘的發黴氣味，頓時一股腦冒了出來。

爬下十五級臺階（或不如說爬下那等於嵌在牆面的垂直梯架），便來到一處天窗寬敞的地下室。這天晚上，裡面有四、五對男女跳著舞，一名盲人正拉奏小提琴爲他們伴奏。更深處，坐在鋅板櫃檯後方的就是老闆娘。老闆娘身戴玻璃小飾物，體型比老闆還驃悍。

此時，地下室的十二、三張桌子都已全滿，其中一張桌子坐著兩個默默吸菸的男子。他們就是阿拉伯人和大塊頭保羅。阿拉伯人身穿橄欖綠外套，戴著一頂髒兮兮的氈帽。大塊頭保羅則戴著鴨舌帽，穿著無領襯衫，紮一條栗色的絲綢圍巾，他顯然事先裝扮過，把自己喬裝成一個蒼老憔悴、灰頭土臉、邋裡邋遢的老頭。

「你這身打扮還眞晦氣！」阿拉伯人諷刺地說，「像個百歲的死老頭，一副快嚥氣的樣子。」

「你就不能讓我安靜一會兒嗎？」大塊頭保羅不耐煩地說。

「不能，」另一個反駁道，「你替自己披上一張百歲老皮也就罷了，也別表現出一副膽小怕死的模樣吧。怎麼，有什麼好怕的！」

「誰說沒有。」

「什麼理由？」

「我覺得好像被人盯上了。」

「會被誰盯上？同一張床你最多睡三個晚上就換地方，甚至連自己的影子都信不過。再說，你瞧這周圍都是我們自己人，瞧瞧他們，這二十幾個客人裡，就有十二、三個小夥子或女孩願意爲你兩肋插刀。」

「那是因爲我付了他們錢。」

「不管怎樣，他們還不是把你當成國王般保護？」

餘下的客人要嘛落單自己坐，要嘛成雙結對在舞池裡跳得火燙。阿拉伯人和大塊頭保羅不停掃視這地下室裡的顧客，眼神狐疑不安。阿拉伯人向一名女侍使了個眼色，低聲問道：「對面那個英國佬模樣的傢伙，什麼來頭？」

「聽老闆說，是個馬夫。」

「他之前來過嗎？」

「我不知道，我也是新來的。」

這時，盲人開始嘈嘈雜雜地拉奏一曲探戈。一個面色生硬蒼白、活像石膏般的女人低聲唱和了起來，她的嗓音低沉、憂鬱，唱到深沉處全場一片肅然，空氣中滿是傷感。

「知道是什麼原因讓你提不起精神嗎？」阿拉伯人低聲問，「是克蕊拉。自從她逃走以後，你就失了魂，一直沒法恢復。」

「住口！我想的不是她爲什麼逃跑，而是那個混蛋，那傢伙很可能迷上她了。」大塊頭保羅差點沒把阿拉伯人擺在桌上的手，一把掐碎。

「你是說那個叫勞爾的？」

「啊，遲早我要幹掉那個傢伙！」

「當然，不過你得先找到他才行。我這四天來東奔西走到處打聽，累得要死，卻連個人影也沒問到！」

「一定要找到他，否則……」

「否則，你就會被他宰了？看來你還是會怕。」

「怕！你瘋了嗎？我只是覺得，我和他之間有一筆帳一定要算個清楚，我們兩人之中最後總有一個要倒下。」大塊頭保羅跳了起來。

「你希望倒下去的是他，可不是？」

「當然！」

「眞傻！就爲了一個女人，果眞是紅顏禍水，在女人方面你總是學不乖。」阿拉伯人聳了聳肩膀說道。

「對我來說，克蕊拉不僅僅是我的女人，她是我的命。沒有她，我也活不下去了。」

「她可是從來沒愛過你啊。」

「是啊，一想到她愛的是另一個人，我就受不了。你確定那天下午，她是從勞爾家裡走出來的？」

「確定。我不是說過了，是那個看門女人告訴我的，只要塞點錢給她，你想知道什麼就能問出什麼。」

大塊頭保羅握緊拳頭，咬牙切齒罵了幾句。

「後來，她又上樓去了侯爵家。等她下樓的時候，葛傑瑞碰巧就在夾層公寓。不過，那小丫頭很機靈，還是讓她給逃了。到了晚上，她又跟勞爾一起潛進侯爵的書房找東西。」阿拉伯人接著說道。

「他們在找什麼？」大塊頭保羅沉吟著說，「她肯定是用我那把鑰匙進去的。我還以爲鑰匙弄丟了。可是他們去那兒究竟要找什麼？難道他們策畫了什麼陰謀要對付侯爵？有一回，她跟我說，她母親認識那老傢伙，臨死前還告訴她很多有關那老傢伙的事。我問她都是些什麼事，可是她不願意說，眞是個怪女孩！我對她一點也不瞭解，但倒不是她喜歡撒謊，不，而是她就像她的名字①一樣，純潔透亮。她自然是個聰明女孩，心底自有主意，不該說的就不說。」

「我的老夥伴，打起精神來吧，你瞧你簡直快掉淚了。你不是跟我說今晚有家新俱樂部要開張，難道不去嗎？」阿拉伯人嘲笑道。

「是啊，藍色俱樂部。」

「很好，再去找個新婊子，這樣才能救你。」

地下室擠滿了顧客，煙霧彌漫，十五對男女渾渾噩噩，跳得不亦樂乎。盲人儘量把琴拉到最響，石膏面孔婦人也儘量扯著嗓子大聲唱。女孩們的胸衣越露越低，被老闆娘看見迎頭就是一頓訓斥，罵她們不要臉，衣著不檢點。

「現在幾點了？」大塊頭保羅問。

「差十多分鐘，就要七點了。」

「我發現，那個馬夫已經瞄我兩次了。」大塊頭保羅猶豫之下，還是對阿拉伯人說了。

「說不定是警方的人。」阿拉伯人打趣地說道，「你去請他喝一杯嘛。」

兩人誰都不再吭聲，提琴的曲子逐漸減弱，接著戛然而止，地下室頓時一片安靜，只等石膏面孔女歌手醞釀出最後幾個凝重的音符，這曲探戈就結束了。常客們都很熟悉這首曲子，無不耐心地等著，只聽女人先扔出一個音符，然後是另一個，可是突然間，天花板上傳來一聲刺耳哨音，受驚的顧客如潮水般朝櫃檯湧去。

猛地，樓梯口的門打開了，一個人、兩個人，接著葛傑瑞出現了。他舉著槍對準眾人，大聲喝道：「都給我舉起手來！誰敢動就……」

葛傑瑞毫不猶豫，立刻開了一槍，先把場面鎮住再說，緊接著他的三個手下「嗖嗖嗖」迅速爬下樓梯，在地下室四周分散開來，大聲叫囂道：「全都把手舉起來！」

四十多名顧客全都乖順地服從，乖乖舉起了雙手。可是湧向櫃檯想奪門逃走的人流實在太猛烈，以至於第一個從椅子上站起的英國馬夫，根本沒法從人群順利開出一條路湊到大塊頭保羅身旁。老闆娘拚命抗議，可是無濟於事，她的櫃檯已經被人流推倒了。櫃檯後面露出了那道暗門，這些顧客你推我擠，哭天喊地，一個個鑽進去，落荒而逃。過了幾秒，人流好像卡在門口不動了。原來有兩個人你推我搡地打了起來。英國馬夫站在一把椅子上望去，認出打架的那兩個人就是阿拉伯人和大塊頭保羅。

這兩個傢伙在人群中拚命擠，誰都不想被快逼近的警探抓住。探員一慌，朝兩人開了兩槍，可惜沒打中，最後阿拉伯人在推擠中一個踉蹌倒在地上，大塊頭保羅則趁機鑽進黑乎乎的出口，警探趕到時，門剛好被他關上了。

葛傑瑞跑了過去，很是得意，因爲大塊頭保羅的五個手下沒能跑出去，被堵在地下室。

「眞是一場精彩好戲。」他嚷嚷道。

「而且希望大塊頭保羅一出門就會被抓……」馬夫補充道。

「他跑不了的。我派了佛拉蒙守在外面，他可是個壯漢！」葛傑瑞看了此人一眼，認出是勞爾，於是肯定地說道。

「我想，探長先生，您還是親自去看看比較穩當。」

葛傑瑞對部屬叮嚀了幾句，要他們把這幾個混混捆綁起來，把其他顧客趕到一個角落，舉槍荷彈，不許他們亂動。

「等等，先別走。」勞爾拉住大探長，「我要您跟您的手下說，我想和阿拉伯人說幾句話，他既然在這兒，應該可以從他嘴裡套出一點情報……我不會占用太多時間的。」

葛傑瑞表示同意，然後就跑了出去。

「你還認得我嗎？是我，勞爾，伏爾泰河堤那個人，上次我給了你兩千法郎。你這回還想再賺兩千嗎？」勞爾走到阿拉伯人身旁蹲下，低聲對他說。

「我不喜歡出賣主子，不過……」阿拉伯人嘟嘟噥噥地說。

「是啊，要不是大塊頭保羅與你推推擠擠，你現在早就出去了。不過他攔住你也沒用，一會兒他就會被警方抓住。」

「怎麼可能！還有另一個出口，最近剛造的，……只要上一道樓梯，就能通到巷子那頭去。」

「見鬼！」勞爾一聽，大罵起來，「這就是相信蠢材葛傑瑞的結果！」

阿拉伯人一聽，忿恨地說。

「這麼說，你是警方的人？」

「不是，有時候我們會聯手。我能幫你什麼忙嗎？」

「眼下你什麼忙也幫不了，你塞鈔票給我，也會被他們搜走。不過他們沒有我犯罪的證據，不會拿我怎麼樣的。你把錢寄到——『七十九號郵局，ＡＲＢＥ信箱，留局自取』，脫身後我自己過去拿。」

「你就這麼信得過我？」

「必須得信。」

「說得有理。你要多少？」

「五千！」

「乖乖，胃口還眞不小。」

「一塊錢也不能少。」

「好吧。只要你的情報可靠，五千法郎就是你的。說吧，在哪兒能找得到大塊頭保羅？」

「好吧，算他倒楣，誰教他先害我的。今天晚上十點，在藍色俱樂部，這是一家新開幕的夜總會。」

「他一個人去？」

「是。」

「他去那兒做什麼？」

「當然是要去找他的金髮妞，就是他那個情婦……只是，這是個體面而盛大的晚會，去的不會是大塊頭保羅。」

「是瓦爾泰克斯？」

「對，瓦爾泰克斯……」

勞爾繼續追問了幾個問題，但阿拉伯人似乎盤算著已把該說的話都說了，便再不開口。再說，剛好葛傑瑞這個時候也垂頭喪氣地回來了。勞爾把他拉到一邊，嘲諷地說：

「空手而歸？這有什麼辦法，你們警方辦事總像一群傻瓜，不摸清情況就蠻幹。不過沒關係，你倒也不用這麼沮喪。」

「你是說，阿拉伯人招了？」

「沒有，不過好吧，你們犯的錯還是讓我來挽回吧。今天晚上十點，我們在藍色俱樂部門口見，你換上便裝，免得被人認出來。」

葛傑瑞有些困惑。

「是啊，」勞爾堅持地說，「換上便裝，穿上禮服和皮鞋，再替你那鬆垮的臉蛋和鼻子補點粉，誰教你的臉總是紅通通的，鼻子也是個酒糟鼻！我們待會兒見了，我親愛的朋友……」

勞爾來到隔壁的街道取自己的車。上車後，他發動引擎，一溜煙穿過了巴黎，回到奧圖區的寓所。當時，奧圖區的房子一直是他的主要住所和活動中心。這棟房子坐落在一條人跡罕至的林蔭大道旁，是一棟破敗的二層小樓，色彩灰舊，絲毫不引人注目，小樓面積有限，每層樓只有前後兩個房間，房子四周圍著一個小花園。

房子背朝一個院子，院子內有個廢棄的車庫，那邊還有一個入口。勞爾所有的住所都像這樣開了側門，這是最基本的安全措施。一樓是餐廳，由兩間房組成，房子很窄深，擺不了幾件家具。二樓有間附帶浴室的舒適豪華臥室，由兩個僕人幫他打理，一個是對自己忠心耿耿的貼身男僕，另一個是住在車庫上面的老廚娘。勞爾把車停在距離小樓大約一百公尺處。

八點鐘，他上桌用餐。庫爾維走過來，告訴他侯爵已於六點鐘到家，但年輕女孩並未露面。勞爾顯然有些不安。

「這麼說，她現在肯定在巴黎某個角落，孤孤單單，沒人保護，搞不好還會落到瓦爾泰克斯手裡。看來要想成功，得來眞的了。庫爾維，跟我一塊兒吃飯，然後你陪我去音樂廳。還有，穿上禮服，要知道，你打扮起來還是頗體面的。」

勞爾打扮了很久，不時停下來熱熱身，伸伸筋骨，他估計今晚一定會十分隆重。

「很好。」勞爾看到庫爾維裝扮好的模樣，誇讚道，「就像個公爵……」

祕書漂亮的鬍鬚理得整整齊齊，精美硬挺的襯衫襯托出老傢伙的胸膛，圓滾滾的肚子挺起來則一副外交官的派頭。

註釋

① 「克蕊拉」（Clara），這名字寓有清澈、明淨之意。

chapter 11

藍色俱樂部

藍色俱樂部，建在香榭麗舍大道昔日一家知名歌舞音樂咖啡廳的原址，它的開幕可是社交界的一大盛事，共計發出兩千張請柬，邀請名流顯貴、藝術家，以及聲名斐然的上流交際花前來共襄盛舉。

大道兩旁的高大樹木底下，新月般幽藍的光影，打在建築物正門復古列柱高懸的宣傳畫和廣告海報上。查票員分列兩旁，來賓川流而過，湧入大廳。

大鐘敲響十點，勞爾手持請柬準時趕到，勞爾吩咐庫爾維：「不要讓別人知道你認識我，不要靠我太近，但也不要離開我的視線範圍，尤其要待在葛傑瑞附近。葛傑瑞這傢伙是我們的死對頭，我得像提防瘟疫般防備他。如果能同時拿下我和大塊頭保羅，來個一箭雙鵰，他可絕對不會錯過這等好機會。所以你要死死盯住他，耳朵也給我豎起來。他肯定會帶一票警探來，等他下令的時候，你要給我聽清楚他講的每句話，而且不能搞錯他的言下之意。」

庫爾維一本正經地點頭答應，那齊刷刷的漂亮鬍鬚隨之向前一拂一擺，彷彿在向敵人挑釁。

「明白了。」他鄭重地說，「可是，要是我來不及通知您，他們便動手，那該怎麼辦？」

「你就伸開雙手，甩出你的鬍鬚，掩護我撤退。」

「要是他們硬闖呢？」

「不可能。你的鬍鬚太讓人肅然起敬了。」

「可是……？」

「如果他們不敬重你，你就打死也不讓他們通過。好了，不說了，葛傑瑞來了。別再纏著我了，別讓他看見，快，你快跟過去。」

葛傑瑞果然聽從勞爾的吩咐，穿出一身上流社會的打扮，閃閃發亮的外衣緊緊貼著身軀，袖孔處還窸窣作響，折疊式禮帽好像出了點問題，他便乾脆不打開，就這麼癟塌地戴在頭上；臉上還真的撲了不少粉；肩上神氣地披著一件色彩分明、折痕明顯的風衣。

「好傢伙！都認不出你了，真成了一個標準的紳士，這樣就不會引人注意了。」勞爾小心翼翼地湊過去說話。

「他這是在損我！」葛傑瑞心裡大概這麼想，臉上露出了不悅之情。

「你的人呢？」

「我叫了四個人，」葛傑瑞肯定地回答，「他們自己又帶了七個。」

「跟你一樣喬裝了吧？」

勞爾環顧四周，一眼就認出人群中有六、七個警探扮成紳士模樣。然後，他刻意站在葛傑瑞面前，令大探長沒法向手下示意指出誰就是勞爾。

賓客仍繼續源源不絕地湧入。勞爾低聲說：

「喏，那兒……」

「在哪兒？」葛傑瑞連忙問。

「入口處，那兩位女士的後面。大塊頭……嗯，繫了一條白色絲綢圍巾的那個。」

「可是……那不是他，不是大塊頭保羅。」葛傑瑞轉過頭，小聲地說。

「就是他，他也得打扮得體面些啊，和你打扮得一樣好，可不是嗎？」

「對啊，就是那個壞蛋！」葛傑瑞再度仔細端詳。

「是啊，卻是個貴族出身的壞蛋。喏，他這副模樣，你從來沒見過？」

「見過、見過，我想應該是在夜總會。但我沒有想到他就是……，他的本名叫什麼來著？」

「他要是高興，之後自然會告訴你。你千萬要當心，可別引起不必要的騷動，也不要太心急。不如等他離開的時候再抓他，這樣我們也就知道他來這兒是爲了什麼。」

葛傑瑞走過去和自己人說話，告訴他們誰就是大塊頭保羅，然後又來到勞爾身邊，兩人一同走進大廳，誰都沒再說話。見大塊頭保羅朝左邊走去，他們便往右邊去。

圓形大廳漸漸熱鬧起來，裡面有二十道色調深淺不一的藍光，時而交錯，時而碰撞，時而融合，渲染出夢幻多變的氣氛。賓客們擠在桌子周圍，到場嘉賓超過大廳所能容納人數一倍以上。眾人又唱又鬧的。想藉此宣傳的香檳酒商則忙得不亦樂乎，恨不得立刻將所有伸過來的酒杯斟滿。

今晚節目的新意是，先請大家在場中央有限的空地裡跳舞，每一曲終了，就穿插一檔歌舞音樂咖啡廳往往會有的節目，表演安排得十分緊湊，不留半點間隙，而且是在大廳內側臨時搭起的一個小舞臺進行。到了副歌部分，全場嘉賓也會一同齊聲唱和。

葛傑瑞和勞爾站在右邊的通道上，手拿節目單，遮住一半的臉，眼睛則一刻不停地盯住瓦爾泰克斯。只見那傢伙站在二十步開外的地方，曲著背，儘量不讓自己顯得太高大突兀。葛傑瑞的部屬則一直在瓦爾泰克斯的身後轉悠，隨時準備受命行動。

一個印度雜耍節目表演完後，探戈舞曲隨之響起；人們跳完一曲華爾滋，臨時舞臺又上演了一齣小型喜劇；然後是走鋼絲、唱歌、單槓表演，其間一直穿插著跳舞的舞曲。賓客變得越來越興奮，完全陶醉其中，整個場子熱鬧非凡。接著，一群小丑上場了，眾人歡喜不已，又叫又喊的，簡直要震破了天。

此時舞臺亮出一塊大木牌，上面映出一個蒙面女郎的窈窕剪影。與此同時，則有二十片燈光屏幕同時打出節目名稱——「蒙面舞女」，樂隊也也奏響樂曲。只見蒙面女郎從後臺跳了出來，一條條綢帶錯落交叉在肩頭和胸脯之間，下身穿一條寬鬆的藍裙，上面綴滿金片，稍稍一動，赤裸的大腿若隱若現。她先是直挺挺地站在舞臺上，一動也不動，像極了一尊從希臘塔納格拉出土的優美陶俑。有條薄如蟬翼、以金絲織成的面紗遮住了她的臉，幾綹鬆鬆的金髮露在外面。

「見鬼！」勞爾咬牙罵道。

「怎麼了？」葛傑瑞問道。

「沒什麼……沒什麼……」

勞爾專注地盯著那金色的頭髮和舞女姣美的身材……只見女郎擺好姿勢，動作緩慢撩人，身體有節奏地微微挪移，就這樣踮著赤腳尖，繞著舞臺轉了兩圈。

「別再看她了，幫我盯住大塊頭保羅的腦袋。」葛傑瑞低聲囑咐道。

勞爾的眼光這才從女郎的身上移開，轉過去看大塊頭保羅。而那傢伙也是緊緊盯著女郎，看得十分專注，他看起來緊張兮兮的，歪扭著臉，好不痛苦。爲了看得再清楚些，他又挺直了身子，眼睛快冒出火似的，眼神一刻也不離蒙面舞女。

「你瞧他那副模樣，該不會是因爲那頭金髮讓他想起了克蕊拉。除非……除非……」葛傑瑞一邊暗笑地說。他遲疑了一下，好像有些慌亂無措，不知是否該說出心中的疑慮，最後他還是說了出來，「除非……那女郎就是她，他的老情人，也是您的老情人，這還眞有趣！」

「您這是瘋了！」勞爾冷冷地回答。其實，勞爾心裡早就冒出了這個念頭。首先，他發現那髮式和顏色完全一致，鬈髮也是那樣鬆鬆的。而瓦爾泰克斯那麼激動，死盯住那金色紗巾後面的臉孔，更讓勞爾無法安心。勞爾敢斷定，瓦爾泰克斯之所以這麼緊張，就是因爲他過去肯定見過那個女郎跳舞，他對女郎清純的優雅氣質和夢幻的朦朧形象一定十分熟悉。

「是她，就是她！」勞爾心裡暗自肯定。

可是這怎麼可能？尚・埃爾勒蒙侯爵的女兒，一個來自外省的鄉下女孩怎麼會跳這樣的舞蹈。況且，她才剛從沃爾尼克回來，怎麼有時間回家化妝打扮，穿上舞衣趕到這裡跳舞？

漸漸地，他開始說服自己，舞臺上的女孩不可能是安東妮。現在他的腦子已經混亂了，所有可能的事實竟如此極合情理地串連起來。不，也許不是她……可是，他又怎能盲目認定那女孩不會是她呢？

觀眾的情緒越來越激動，舞臺上女郎的動作也越來越大膽，越來越奔放。她飛快地旋轉著，然後倏地停了下來，當樂隊音樂再次響起，她又隨之舞動起來。她踢開性感修長的腿，惹得觀眾異常興奮，那雙有力的雙腿比起款擺的手臂，更加生動、柔軟、靈活自如。

忽而，葛傑瑞發現：「大塊頭保羅朝後臺去了，看來那兒沒人守著，誰想過去都可以。」

葛傑瑞猜對了，通道的盡頭橫著一道通往後臺的臨時斜坡，維持秩序的工作人員雖站在斜坡上，但根本沒法攔住冒失的觀眾登上後臺。

「是啊，」勞爾也看出了大塊頭保羅的企圖，「沒錯，他是要到後臺去。快，通知你的人守在演員出入口外面的街道上，一旦有情況就立刻衝進來。」

葛傑瑞也這麼想，馬上離開去部署他的手下。過了三分鐘，大探長仍在努力調集手下。勞爾則已離開大廳，趕在警探之前來到夜總會外面。庫爾維也趕到了，向他報告自己聽到的情況。

「先生，我剛聽到葛傑瑞下令，要手下將您和蒙面女郎一起逮捕。」

勞爾擔心的正是這一點。他無法確定那個跳舞的女郎是否眞是安東妮。而葛傑瑞則不費力氣就弄清了這一點。如果那名女郎眞的是安東妮，那她夾在警方和大塊頭保羅之間肯定完蛋。

勞爾趕緊朝演員出入口那條街道跑去，心裡七上八下的十分擔心，他見過大塊頭保羅冷酷而邪惡的嘴臉，如果那惡棍先一步堵到安東妮，他必定什麼事都幹得出來。勞爾和庫爾維穿過了後臺的小門。「警察」！勞爾掏出一張證件晃了晃，看門的人就讓他們通過了。拐過一道樓梯，穿過一條走廊，兩人終於來到演員休息區。

剛巧此時，那名女郎正從一間休息室走出。上個節目結束了，觀眾席上一陣騷動，掌聲不斷。她回到後臺找披肩，準備下一個節目。只見女郎鎖好休息室的門，穿過一大片掛滿演出服的走廊，又回臺上去了。她剛一登臺，外面又是掌聲雷動，勞爾聽得出全體觀眾都站了起來，爲女郎再度登臺而熱烈歡呼著。

等勞爾回過神來，赫然發現原來大塊頭保羅就站在自己前方不遠處。只見這傢伙兩隻拳頭握得死緊，額上青筋直暴，虎視眈眈瞪著女郎從自己身旁經過。這下，勞爾敢斷定那名女郎就是安東妮——糟糕，情況緊急，心上人危在旦夕！

他趕緊四下掃了一眼，見鬼，葛傑瑞這蠢東西到底在幹什麼，怎麼還沒到？他難道不懂——這塊狹小的後臺走廊才是今晚的戰場；較量開始時，他和他的手下必須在場。可是勞爾等不及了，他決定現在就採取行動，先把大塊頭保羅對安東妮的威脅轉移到自己身上再說。於是他輕拍瓦爾泰克斯的肩膀，那傢伙扭頭一看，馬上就認出這張讓他既恨又怕的臉孔。

「你……是你……」瓦爾泰克斯惡狠狠地囁嚅道，「你是為她來的，是不是？……來保護她的？」瓦爾泰克斯竭力壓抑怒火。現在他雖然與觀眾有一段距離，但周圍來往的人潮依舊不斷，有的想上後臺將女郎看個仔細的，有拉幕的，還有替演員管理服裝的……自己若發出太大的聲響，恐怕會引起旁人注意。

「是的，我的確是來保護她的，是她託付我這麼做……因為好像有個壞蛋一直纏著她不放。這樣倒好，我就可以好好跟這個壞蛋玩一玩了。」勞爾冷冷笑了笑，也以同樣語氣低聲說道。

「玩什麼？」瓦爾泰克斯不解地問。

「因為我必勝無疑，這是我的優勢。」

「你必勝無疑？」瓦爾泰克斯氣得直發抖。

「當然！」

「笑話，除非我死了再說。可是我還活著，有我在，你休想！」

「是嗎？剛才我也在地下室，你怎麼沒這麼囂張？」

「嗯……你說什麼？」

「小龍蝦酒吧地下室，那個馬夫就是我。」

「混帳！」

「另外，警方是我叫來的，我叫他們來堵你。」

「可是很不幸，他們沒能得手！」瓦爾泰克斯說，竭力擠出一絲黠笑。

「剛才沒得手沒關係，今天晚上你是跑不了了。」

「你說什麼？」瓦爾泰克斯湊到勞爾跟前，惡狠狠地瞪著他。

「葛傑瑞現在就在這兒，還有他的手下。」

「你撒謊！」

「他就在這兒，信不信由你，我建議你還是快點逃命吧，現在走還來得及……」

瓦爾泰克斯一聽，頓時慌了神，像一頭困獸般驚恐地望向四周。顯然，他一聽勞爾這番話，立刻軟弱了下來，想要逃跑。勞爾則感到輕鬆許多，如此一來安東妮的危險就小了許多。讓瓦爾泰克斯離開可謂一箭雙鵰，既能避開這無賴，又能引開警方。

「怎麼，快走啊……還傻站著做什麼？蠢貨，你倒是快走啊！」

已經來不及了，女郎的表演結束了。只見她跳下臨時舞臺，回到休息區。與此同時，葛傑瑞也帶著五名警探從樓梯口冒了出來，衝過一間間演員休息室，突然出現在他們眼前……葛傑瑞已鎖定目標，不顧一切撲了過來。

瓦爾泰克斯雖一臉凶神惡煞，卻不知該如何是好。他看了看愣在前面的女郎，見她顯然認出了自己，又看了看離他只有五、六步之遙的葛傑瑞。怎麼辦？沒等他反應，勞爾也朝他撲了過來，他下意識一閃，掙脫開來，從口袋摸出手槍，對準女郎就是一槍。

後臺頓時一片混亂，勞爾僵住的雙手又伸了回來，所幸子彈打偏了，應該是打在布景上，但女郎已經嚇暈，倒在地上。所有發生的一切，不過十秒光景。這會兒後臺已經大亂，葛傑瑞排山倒海地衝過來，一下子就撲在大塊頭保羅的身上，將他整個人攔腰抱住，絕不撒手，他嚷嚷著吩咐手下：「佛拉蒙，快來幫我，其他人去抓勞爾和舞女！」

可是此時有個大腹便便的小個子先生，胸前飄著白鬍子，岔岔地大腿一敞，攔住那幾個警探，對他們的舉動表示嚴正抗議。而另一名瀟灑的先生則趁亂疾走了幾步，彎腰抱起蒙著金色紗巾的舞女。此人就是勞爾，他得到庫爾維勇敢大無畏的掩護，他相信自己可以搶在警方之前，從大群觀眾中間闖出一條路逃出去，於是他揹起小姐往大廳跑去，只有從這裡走才可能脫身。

勞爾的判斷是正確的。後臺發生的事，前面的觀眾毫無所覺。一支表演風格張力十足的黑人爵士樂隊正大聲吼奏著一曲探戈，舞池裡仍舊人潮攢動，觀眾又唱又笑，不亦樂乎。勞爾從右側那掛

滿黑禮服的欄杆底下走出，雙手托著安東妮步下舞臺階梯，臺下觀眾一眼便認出是那個蒙面舞女。大家都以爲這是配合探戈曲子的一場小小滑稽表演，他們將勞爾當做扮成紳士的雜技演員，托著戰利品繞場一周，以展現自己的力大絕技。一排排的觀眾自動爲他讓出一條路，待他通過後又迅速合攏，而且更加緊密，桌椅也排得更加緊湊，任何人想從中穿過去抓住勞爾絕沒可能。

就在此時，後臺傳出了刺耳的叫喊聲：「抓住他！抓住他！」

眾人笑得更開心了，以爲滑稽表演仍持續進行著，爵士樂隊的興致也更加高漲，嘶啞嘈雜得差點把樂器吹破，把喉嚨喊破。就這樣，勞爾成功穿越混亂的人群，沒遭到任何人的阻擋。他得意地笑著，頭稍稍後仰，舉重若輕地往前走，直來到大廳門口，狂熱的觀眾仍用力爲他鼓掌。

工作人員還主動替他開門，他順利走了出去。觀眾都以爲他會繞俱樂部一圈，再從後方走回舞臺。守在外面的工作人員和警方也都沒有起疑。相反地，他們也完全沉醉在這歡快的氣氛中。勞爾一走到外面，便趕緊把人放下來，換個姿勢重新將女郎揹在肩上，穿過淒冷的藍光，朝暗處跑去。

大概跑了五十多步，勞爾隱約聽見很遠的地方傳來「抓住他！抓住他！」的喊聲，但他卻放慢了步伐，因爲他的車就在不遠處的來賓泊車區。在那裡等候主人的司機們有的兀自打盹，有的湊在一起聊天。他們聽到叫喊聲並未馬上反應過來，一個個面面相覷互相探問，都感到不安，卻沒人知道怎麼回事。

勞爾把女郎塞進汽車，她仍昏迷不醒，倒在車裡毫不動彈。「這樣倒好。」勞爾心想，然後發動車子。「幸運的話，」他心想，「就別讓我碰上塞車。」

永遠都要相信運氣，這是勞爾的其中一條生存原則……而這回，運氣再次垂青他。汽車沒被堵住，他將油門一腳踩到底，車子「嗖」地一下消失在街口。而就在他發動汽車之時，警方離他不過二十來步距離。

擺脫警方追捕的勞爾仍不敢掉以輕心，他駕車速度很快，但很平穩；他的另一條原則就是，不能濫用機會，得好好把握。很快地，他穿過了協和廣場和塞納河，沿著河岸一路向前，直到確定自己徹底脫險，這才放慢車速。

「唔……總算安全了！」羅勞爾自言自語說道，「可是如果她不是安東妮怎麼辦？」從他決定展開行動至今，勞爾這才有時間問自己。

剛才他斷定那個跳舞女郎就是安東妮，所以才會不顧一切搭救她。可是現在，怎麼一下子信心全無？不可能、不可能，她不可能是安東妮，太多證據顯示她絕非安東妮。剛才只是自己一時衝動相信她是安東妮，況且沒一項證據經得起檢驗。大塊頭保羅是個瘋子，是個衝動的傢伙，他一時的情緒怎能說明這就是事實眞相？

可是，勞爾噗嗤一下，又笑了起來。有時他還眞是單純，總被女人的祕密攪得自己心慌意亂。他就像個單純的中學生，一個對冒險著迷的中學生。說到底，這女人是或不是安東妮又怎麼樣？反正他已經救了人，而且還是個熱情可愛的女郎，管她是誰呢？

勞爾加快車速。他迫切希望釐清這名女郎的身分。她爲何要蒙上一條面紗？難道她面貌醜陋或有殘疾，因而害怕別人看到？相反地，如果她眞是個美人，又出於什麼理由或擔心，才故意蒙面不讓觀眾看見她？她是精神不正常嗎，還是一時心血來潮，或者是爲了愛情？

勞爾穿過塞納河，一直往前開。很快地，來到了奧圖區河岸，他沿著河堤向前，開過幾條省道，最後停在一條寬闊的林蔭大道上。

女郎一直癱軟在車裡，一動也不動。勞爾俯下身去，輕聲對她說：「您能站起來上樓嗎？能聽見我說話嗎？」

女人沒有回答。

沒辦法，他只得抓起女郎的兩隻手臂，環抱在自己胸前，他感到她的身軀緊貼著自己的身子，她的唇離自己很近，甚至嗅到了她的呼吸，不禁陶醉其中。

勞爾推開花園柵欄門，按響門鈴，貼身男僕前來開門，他吩咐道：「把車子開進車庫。別來打擾我。」

說著，勞爾進了小門，匆匆上樓，好像抱的是一個很輕的東西，心裡則不住地喃喃自語：「啊，妳是誰，妳到底是誰？」他帶著抑制不住的激動和好奇，「是安東妮，還是個陌生女子？」

勞爾回到臥室，把女郎放在長沙發上，跪下來，解開她頭上的金色紗巾。

「安東妮！」他高興地叫了起來。

他足足盯著女孩看了兩、三分鐘後，才想到該取嗅鹽讓她聞一聞，又在她太陽穴和額頭上拍了冷水。女孩終於微微睜開眼睛，看了他好久，慢慢恢復了意識。

「安東妮！安東妮！」他動情地連聲喊道。

而她則含淚朝他微笑。這笑容裡帶著苦澀，卻又那麼柔情蜜意！

勞爾忘我地將嘴唇湊了過去，這回，她會像上回在沃爾尼克莊園大客廳裡那樣推開他嗎，還是會接受他？

她沒有拒絕。

chapter 12

兩種微笑

翌日早上，兩人吃了僕人端進臥室、放在獨腳小圓桌上的早餐。臥室窗戶打開，下面就是花園，窗外的女貞樹已經開花，陣陣香氣飄進屋內。透過矗立左右兩旁的栗子樹看過去，前面就是林蔭大道，耀眼的太陽掛在湛藍的天際。

勞爾喋喋不休地說個沒完，他的內心充滿勝利的喜悅——戰勝葛傑瑞和大塊頭保羅的喜悅，征服可愛安東妮的喜悅，全都排山倒海般傾瀉出來，他的話匣子一打開就再也闔不上似的，沒完沒了地自說自話，口若懸河地自吹自擂，時而輕鬆打趣，時而表現得睿智，時而又憤世嫉俗地批判著。

「說吧……繼續說……」安東妮全神貫注地盯著勞爾，眼神總帶點憂傷，又充滿純眞和好奇。

勞爾每講完一個故事，她都要求再講一次。「繼續說，把你知道的都說給我聽，把我已經知道的都再說一遍……喏，說說你在沃爾尼克莊園廢墟和葛傑瑞打鬥的趣事，還有你在莊園拍賣會上看到的情形，還有你和侯爵的談話。」

「可是妳當時也在那兒啊，安東妮！」

「沒關係！你所做的事、所說的話全都讓我著迷。再說，我還有好些事沒弄明白……像是那天夜裡，你眞的爬到我房裡？」

「眞的。」

「你不敢靠近我？」

「不敢！那個時候，我很怕妳，因爲在沃爾尼克莊園大客廳裡的妳，很不容易親近。」

「在那之前，你還去了侯爵的房間？」

「是的，我先去了妳教父的房間，因爲我很想看看妳母親那封信裡到底寫了什麼。正因看了那封信，我才知道原來妳是他的女兒。」

「我呢，」安東妮若有所思地說，「我是在侯爵的書桌抽屜裡翻出媽媽的相片時，就明白了。那天晚上的事，你一定還記得吧？不過別說這個了，今天我要讓你說。你再說下去吧，再說給我聽……」

於是，勞爾把自己在莊園拍賣會上看到的情況，又一次說給安東妮聽。他一邊說，還一邊饒有興致地模仿每個人的聲音和神態，一會兒是拘謹可笑的律師奧迪加，一會兒是既焦急又吃驚的尙・

埃爾勒蒙侯爵，一會兒又模仿起優雅溫柔的安東妮。

「不，這可不是我，我不是這樣。」年輕女孩抗議道。

「妳那天就是這樣的，還有那次來我家，也是這樣。妳就是這副神情舉止，還有這樣……喏，這樣……」

女孩忍俊不住，咯咯笑了起來，但仍然堅持：「不，是你沒看清楚……我應該是現在這個樣子。」

「是啊，」勞爾叫了起來，「可是妳今天早上這副眼睛炯炯有神、牙齒白得耀眼的模樣，跟那天那個外省來的女孩、莊園裡的女孩，還有昨晚我不願看到卻猜到是妳的人全然不一樣，那麼不一樣。現在的妳仍是那麼矜持和靦腆，一貫如此，還有那頭金髮，昨晚我就是憑著它才猜出是妳。啊，還有妳美麗衣裙下的曼妙身材……」

今天早上的安東妮仍然穿著昨晚的舞蹈服，上半身纏著各式綢帶，下半身是那綴滿亮片的藍色裙子，迷人極了，勞爾一把將她緊緊摟在懷裡。

「是啊，」他說，「我眞的猜到是妳，因爲只有妳才會那麼迷人。可是妳蒙著面紗，這讓我不敢確定，當我扯開妳的面紗之際，妳知道我有多害怕嗎？不過，還好，幸好是妳。是妳，明天在我身旁的依然是妳，等我們遠走高飛到別處生活時，我一輩子擁抱的都是妳。」

此時，有人輕叩房門。

「進來。」

是男僕，他送來報紙和幾封信件。信已被庫爾維拆閱，並分了類。

「啊，很好，我們來看看報紙怎麼說藍色俱樂部的事，葛傑瑞和大塊頭保羅……肯定還有小龍蝦酒吧的事，眞是歷史性的一天！」

僕人走了出去，勞爾立即展開報紙讀新聞。「好傢伙，我們上了頭版……」但他一掃見報導標題，臉色就立刻陰沉下來，剛才的快活頓時煙消雲散，忍不住罵道：「見鬼，簡直就是一群飯桶！這葛傑瑞怎麼會這麼蠢！」接著他小聲唸了起來——

大塊頭保羅在蒙馬特區的小龍蝦酒吧逃過警方的抓捕，但於當天稍晚在藍色俱樂部開幕晚會上遭到逮捕，卻又再度從葛傑瑞探長及其部屬的手中逃脫……

「啊！」安東妮不禁驚恐地叫了一聲，「這太可怕了！」

「可怕？」他說，「有什麼可怕？他逃不掉的，遲早都會進監獄……我保證……」

勞爾雖輕描淡寫地說著，實情是，這個消息不知令他有多憤怒，因爲一切又得從頭開始了。這可惡的傢伙一天不落網，就意味安東妮一天不得安全，她還會再度受到那歹徒冷酷的跟蹤和威脅，他肯定不會放過她的。

勞爾匆匆讀完報導，裡面提到阿拉伯人和瓦爾泰克斯的幾個手下被警方抓到了，警方於是抓住這點功勞不放，大吹大擂起來。此外，文章還提到大塊頭保羅企圖殺害蒙面舞女，但被一名觀眾救走，媒體懷疑此人是大塊頭保羅的情敵，但並未影射那人就是勞爾。至於報導裡的蒙面舞女，誰也沒見過她的眞面目。俱樂部經理是透過柏林一家經紀公司聘用她的，去年冬天，這名女郎曾在柏林表演，當時並未蒙面，演出大獲成功。勞爾繼續往下唸——

據俱樂部經理透露，兩個星期前，該名舞蹈演員不知從哪裡打電話給他，說她會在開幕當晚準時參加演出，但由於個人因素，必須蒙面表演。他同意了，他覺得這樣也許會更有趣。俱樂部經理本來想等演出當晚再去問她原因，可是誰知她直到晚上八點才到俱樂部，且好像已經化好妝，而且一來就把自己關進化妝室。

「報上說的都是眞的？」勞爾唸完後問安東妮。

「是的。」安東妮回答。

「妳跳舞跳多久了？」

「我從小就跳，一開始只因爲自己喜歡，不爲表演。但自從我母親死後，我拜了一位老舞蹈家爲師，跟著她上課，後來就四處流浪、表演。」

「之後的日子呢？妳是怎樣過的，安東妮？」

「你還是別問了，我當時孤苦伶仃，有許多男人向我獻殷勤……那時，我太年輕，還不知道該怎麼保護自己……」

「那妳又是怎麼認識大塊頭保羅的？」

「瓦爾泰克斯？那是在柏林。我並不愛他，但他很有影響力，我便沒提防他……後來，有天夜裡，他撬開我的門鎖，闖入我的房間，他太強壯了，於是我……」

「混帳！妳和他在一起多久？」

「幾個月。後來他在巴黎犯了案，警方包圍他的住所，當時我正好和他在一起，直到那時我才知道原來他就是大塊頭保羅。我嚇壞了，便趁他跟警方扭打時，跳窗逃跑了。」

「逃到外省躲起來？」

「……是的。我本來不想再繼續跳舞了，想找其他的工作，可是沒辦法，我誰也不認識，只好跟俱樂部說要去那兒表演。」安東妮遲疑了一下，回答道。

「可是……妳又怎麼想到要去見侯爵？」

「我實在不想再過這種放蕩的生活，於是決定最後試一回，去找他，求他保護我。」

「所以，後來妳就跟著他去了沃爾尼克莊園？」

「……是的。昨天晚上我們回到巴黎，我一時腦袋發熱，就又去了俱樂部……因爲，跳舞使我

感到快樂。還有，我也不能失信……再說，我和他們簽的合約不過八天而已，我不願意簽下太長的時間。我當時害怕極了，可是我的害怕也不是沒有道理……」

「當然沒有道理！」勞爾說，「因爲有我在啊，妳瞧，妳現在不是好端端地在這兒嗎？」女孩在他懷裡縮成一團，勞爾喃喃地說：「妳眞是個奇怪的女孩，總讓人捉摸不透，讓人摸不著腦……」

這一天和之後的兩天，兩人一直待在奧圖區的住所沒有出門。他們從報端閱讀整樁事件的所有消息，而其實報導也常常是編造出來的，因爲警方就是這樣，他們哪裡有什麼可靠消息。這回當然也不例外，唯一符合事實的推測，恐怕就是那蒙面舞女即金髮克蕊拉，只要是報導大塊頭保羅的案件時都會提到這名女子。至於瓦爾泰克斯這個名字，則絲毫不見提起。葛傑瑞和他的手下根本無從確認對方的眞實身分，他們從阿拉伯人的口中什麼消息也沒得到。

經歷了這麼多事，勞爾和克蕊拉的感情越來越深。克蕊拉仍然有很多問題，勞爾則不厭其煩地有問必答，努力滿足心上人無窮的好奇心。可是與勞爾相反的是，克蕊拉似乎仍躲在神祕裡，不願敞開心扉。有關她本人，她的過去，她的母親，她眼下的工作，她隱祕的內心，她對侯爵的意圖，以及企圖在侯爵身邊扮演什麼角色等等，她要嘛緘口不言，怯生生地兀自感到痛苦，卻又固執地沉默著；要嘛躲躲閃閃，支支吾吾，欲言又止。

「別……別……勞爾，我求求你，別再問了。我過著什麼樣的生活，我有什麼樣的想法，這些都無關緊要……就愛我這副模樣吧。」

「可是我一點也不清楚，妳是什麼模樣啊！」

「那，就愛我在你眼前的樣子吧。」

女孩跟勞爾說這番話的那天，他帶她到一面鏡子前，打趣地說：「今天，妳在我眼前的模樣——有著一頭秀美的金髮，一雙無比純淨的眼睛，和讓人心醉的微笑。可是妳的神態卻讓我感到不安，妳不是在怨恨我吧？我看得出妳有心事，妳清秀的面孔不會撒謊。到了明天，我眼前的妳可能又是另一副樣子，雖然有著同樣的金髮，同樣動人的眼睛，但微笑卻不同了。那微笑告訴我，妳是純眞、無憂無慮的。所以，妳眞是讓人捉摸不透啊，有時是那個天眞的外省小丫頭，有時又像是曾遭受命運的折磨。」

「是啊，」她說，「我這副女性身軀裡裝著兩個靈魂……」

「沒錯，」勞爾漫不經心地回答，「兩個靈魂互相搏鬥，甚至互相排斥，是擁有兩種截然不同微笑的靈魂。妳的難以捉摸就在於妳的微笑，時而天眞、青春洋溢，笑起來嘴角會微微翹起；時而又是苦澀，彷彿看破了一切。」

「勞爾，你更喜歡哪一個我？」

「經過了昨晚，我喜歡第二個妳，我喜歡神祕隱晦的妳，因爲這個妳更讓人著迷……」

安東妮聽了，默不作聲，於是勞爾便開開心心地喚她：「安東妮？……安東妮，有兩種微笑的

女孩。」

兩人走到敞開的窗前，安東妮開口道：

「勞爾，我有個請求。」

「我先答應妳，現在說吧。」

「請別再叫我安東妮，好嗎？」

「別叫妳安東妮，爲什麼？」勞爾摸不著腦。

「這是從前那個外省小丫頭的名字，那個坦率勇敢面對生活的小丫頭。自從我成爲克蕊拉，金髮克蕊拉以後，我就已經不是她了……」

「那……」

「叫我克蕊拉……直到我再變回原來的我。」

「原來的妳？親愛的，我不明白，妳若還是那個外省小丫頭，就不會來到這兒，也就不會愛上我了！」勞爾笑著說。

「是……不會再繼續愛你，勞爾！」

「現在輪到我了。但妳可知我是誰？」

「你就是你。」女孩動情地說。

「妳確定嗎？有時甚至連我自己都不十分清楚。我有太多身分、太多角色要扮演，所以連我都快不認識自己了。妳懂嗎，我的小克蕊拉，既然妳希望我這麼稱呼妳。懂嗎？在我面前，妳用不著感到臉紅，因爲無論妳可能做過什麼事，我肯定都比妳有過之而無不及。」

「勞爾……」

「當一個冒險家，生活並不總是十分美好的。妳聽說過亞森・羅蘋嗎？」

「什麼，你說什麼？」女孩一聽，打了個冷顫。

「沒什麼、沒什麼，我只是拿來打個比方。還是妳說得有道理，我們何必互相指摘揭露什麼呢，這樣對誰有好處？克蕊拉和安東妮，我覺得這兩個名字同樣溫柔，同樣純眞。克蕊拉，我愛的是妳這個人。至於我，雖然不是什麼守本分之人，但我誠實、有情有義，儘管可能無法永遠忠誠，但我很有魅力，滿腔熱情，而且有許多優點……」勞爾笑著說，一邊摟住克蕊拉親吻，吻了一下又說：「克蕊拉，溫柔的克蕊拉、憂傷的克蕊拉、謎樣的克蕊拉……」

「是啊，你現在是愛我，但你剛才也說了，你不是個專一的人。上帝啊，祢怎能這樣折磨我？」她搖著頭，傷感地說。

「可是，妳會過得很幸福啊！」勞爾快活地說，「再說，我有妳想像的那麼用情不專嗎？我騙過妳嗎？」

這回輪到她笑起來。

連續一週，報紙和公眾都圍繞著藍色俱樂部的事件議論紛紛。後來，隨著調查一直停滯不前、

毫無進展，種種假設相繼落空，大家也就不再關心這個話題。再加上探長葛傑瑞拒絕一切採訪，記者也無料可寫。

克蕊拉稍稍放下心來，也敢在每天傍晚出門走走，但只是到附近街區一帶的商店購物，不然就是去樹林裡散步。勞爾則選擇在這段時間奔赴種種約會。他不陪著她，免得招人注意。

有時，他也會特地經過伏爾泰河堤，去看看六十三號寓所。他猜想大塊頭保羅會在這邊轉悠，警方也可能在此設下圈套。可是他並未發現任何可疑跡象。此後，他便派庫爾維假裝在河堤邊的舊書攤翻書，監視著這一帶的動靜。有一天，就是勞爾將克蕊拉帶到奧圖區後的第十五天，勞爾來到伏爾泰河堤，卻老遠撞見克蕊拉從六十三號寓所出來，然後鑽進一輛計程車，朝奧圖區的相反方向而去。

勞爾並未試圖跟蹤，他向庫爾維使了個眼色。庫爾維走過來，勞爾便要他去找看門女人打聽情況。過了幾分鐘，庫爾維走回來，告訴他侯爵還沒返國，金髮女孩來過兩次，而且每次都在同一時間出現，她總是上樓按響侯爵家的門鈴，但因僕人也不在家，她只好離開。

「奇怪，」勞爾心想，「她來這裡，爲什麼都不告訴我？她打算幹什麼呢？」

勞爾回到奧圖區的住宅。

一刻鐘後，克蕊拉回來了，看上去氣色紅潤，精神飽滿。勞爾隨意地問她：

「去樹林散步嗎？」

「是的。」她回答，「那裡空氣新鮮，對身體很好，走一走眞舒服。」

「妳今天沒有進城去巴黎嗎？」

「沒有。爲什麼這麼問？」

「因爲我在巴黎看見妳了。」

「在巴黎見到我？……你是在腦海見到我了吧！」女孩平靜地回答。

「我見到的是活生生的妳。」

「怎麼可能？」

「我發誓……我的眼力很好，絕不會看錯。」

「勞爾，你在哪兒見到我？」她望著他，看來他說的是眞話，神情非常嚴肅，聲音裡甚至還有一絲責備。

「我看見妳從伏爾泰河堤六十三號出來，然後上了計程車。」

「你確定是我？」克蕊拉有些尷尬地笑。

「肯定是妳。我問過看門人了，她說這是妳第三次去那兒。」克蕊拉的臉一下漲得通紅，不知如何是好。勞爾接著又說：「妳去那兒是很自然的事，爲什麼要瞞著我？」克蕊拉還是不回答，勞爾便在她身旁坐下，輕輕握住她的手，說：「克蕊拉，如果妳總是要這麼神祕，那眞是大錯特錯了。如果妳知道我倆總是這樣互相防備最後將導致怎樣的結果，妳就不會這麼做了！」

「不！勞爾，我根本沒有防備你！」克蕊拉急忙回答。

「妳沒有提防我，但妳的所作所爲看起來就像在防備我。再這樣下去，妳會讓自己暴露在多危險的情況下，妳知道嗎？親愛的，難道妳不明白嗎，妳現在不願告訴我的事，總有一天我一定會知道。可是，誰知道到了那天一切會不會太遲？還是說出來吧，我親愛的。」

克蕊拉本已經準備服從，有那麼一會兒，她僵持的面容瞬間垮下，眼神流露無盡的悲傷和徬徨，彷彿她還沒說便已對後果感到害怕。到最後，她仍提不起勇氣，雙手捂著臉，淚如雨下。

「對不起，」她含糊不清地說，「告訴我，其實我說與不說根本無關緊要，說出來也改變不了什麼，現在無法，將來也無法改變。對你來說也許是件不值一提的小事，但對我來說卻是天大的事！你知道的，女人都是孩子，她們總是自尋煩惱！唉，也許我這是想錯了，可是我就是沒辦法說出口，請你原諒我。」

勞爾不耐煩地揮揮手，說：「算了。但是，我正式要求妳，不要再去那裡了。說不定，哪天妳就會撞上大塊頭保羅，或是他的哪個同夥。難道妳願意發生這種事？」

「那你也別再去了，你去也很危險哪！」克蕊拉立刻擔憂起來。

勞爾保證不去了，年輕女孩也保證再三，甚至承諾半個月內不離開這座院子……

chapter 13

圈套設計

勞爾沒猜錯，事發之後警方的確開始監視伏爾泰河堤六十三號，但他們並未堅持多久，之後便徹底放棄希望，不然勞爾擔心的衝突早就發生了。葛傑瑞真不是個稱職的探長，總是犯錯，他不該一味信賴部屬，放心讓他們留下堅守，自己卻只是偶爾露一露面。頂頭上司不在，那班人馬立刻變得散漫，不負責任。所以，才有金髮女郎的幾次造訪，才有庫爾維經常冒失出現卻不被發現。另外，看門女人也對警方背信棄義，勞爾透過庫爾維收買了看門女人，而瓦爾泰克斯也讓自己的同夥遞錢給她，所以警方從她那裡得來的情報要嘛含含糊糊，要嘛前後矛盾。

而瓦爾泰克斯的部署則嚴謹許多。這三、四天來，總有一個蹩腳的畫家，蓄著一頭灰白長髮，戴著寬邊氈帽，傴僂著背，拿著一只顏料盒、一副畫架和一張折疊椅，每天上午十點準時來到尚・

埃爾勒蒙公館五十公尺開外的人行道上，在那兒一待就是一整天，胡亂把那一團團顏料往畫布上塗，說是在描繪塞納河兩岸的風光及羅浮宮的輪廓。其實，這名畫家就是大塊頭保羅，就是瓦爾泰克斯。他的裝束越古怪，他的畫越引人圍觀，警方就越沒想到該去查驗他的身分。但他每天下午五點就會離開，所以並未撞見屢屢都稍晚造訪的金髮克蕊拉。

直到勞爾發現克蕊拉瞞著他來河堤的第二天，大塊頭保羅也剛得知這個情報。那天下午他看了看錶，在畫布上塗了最後一抹，剛打算要走，卻被耳邊一個很輕的聲音叫住：「別動，是我，索斯泰納。」

剛才在旁圍觀的三、四人陸續離開了，卻又引來另一些人駐足觀看這奇怪的畫作。胖墩墩的索斯泰納一副中產階級模樣，卻喬裝成一身垂釣歸來的裝扮，他發出的聲音小到只有瓦爾泰克斯可以聽得見。此人一邊說，一邊俯下身子，好似很懂得鑑賞藝術般欣賞他老闆的大作：

「今天下午的報紙，您看過了嗎？」

「還沒有。」

「阿拉伯人又被提審了。您說得對，出賣您的人就是他，是他向警方透露您會去藍色俱樂部的開幕晚會。不過這傢伙倒還算可靠，被捕之後他不願多說，更不願與您作對，他並未供出您的真實身分就是瓦爾泰克斯，也沒出賣勞爾和那小妞。所以我們暫時都還安全。」

說完，索斯泰納直起身子，換個角度繼續端詳畫布，只見他抬頭望望塞納河，又俯身看看畫作，一手拿著望遠鏡，時不時還架在眼睛前方朝遠處望去，嘴裡卻一直沒閒著，只聽他繼續說道：「侯爵後天就會從瑞士回來，是那小妞昨天來這兒跟看門女人說的，她要看門女人轉告幾個僕人，以做好準備。所以說，那小妞和侯爵一直有聯繫。至於她現在住在什麼地方？我還不清楚。庫爾維這兩天又要人從侯爵家裡搬走了幾件家具，我能肯定是他。所以，他是勞爾底下的人。看門女人跟我說，他也一直在這一帶轉悠。」

畫家一邊豎著耳朵仔細聽，一邊拿起畫筆在空中比劃，假裝測量比例。而他的同夥索斯泰納卻誤將主子的手勢當做信號，朝他畫筆所指的方向看過去，正好發現一個穿著破爛的老頭正在欄杆邊上的一個書攤翻書。那老頭轉過身來，一綹整齊漂亮的白鬍子貼著下巴，不可能認錯。

「我看到了，是庫爾維，我這就去盯住他。今天晚上，還是在昨天的酒吧碰頭好了。」索斯泰納小聲地說。

索斯泰納離開瓦爾泰克斯，慢慢逼近庫爾維。庫爾維拐了幾個彎，無疑是擔心被人跟蹤。然而，一路上他一直在想著別的什麼事，根本沒想到要仔細察觀察一下周遭行人的面孔，更沒注意到大塊頭保羅和他的同夥就在附近。他一直往奧圖區走，卻有個垂釣歸來的胖雅痞跟在後面，不肯放鬆。

這一天，大塊頭保羅又在原地多等了一個小時。但他並沒等到克蕊拉，反而看見葛傑瑞現身街頭，於是他趕緊胡亂收拾一下便溜走了。晚上，他的幫派成員在蒙馬特區的小酒館集合，自從小龍

蝦酒吧出事後，這裡就成了他們的新聯絡地點。

索斯泰納姍姍來遲。「一切都清楚了。」這傢伙一落座就說，「他們住在奧圖區，摩洛哥林蔭大道二十七號。我看見庫爾維按了花園柵欄門的門鈴，門就自動打開。七點四十五分時，我又看到那小妞回去，她也一樣，一按鈴，門就自動打開了。」

「你見到……那傢伙了？」

「沒有。不過，我肯定他住在裡面。」

「總之，動手之前我會親自去看看。明天早上十點鐘，把車開過來。上帝啊，我發誓，如果這回情況屬實，克蕊拉就休想再逃走。見鬼，女人眞痲煩！」大塊頭保羅想了想，然後說道。

翌日早上，一輛計程車停在大塊頭保羅租住的公寓門前，接他上了車。開車的是挺著肚子、紅著臉蛋、戴了一頂草帽的索斯泰納。

「出發！」司機技術嫻熟，很快就來到奧圖區的摩洛哥林蔭大道。這是條寬闊的道路，兩邊種著小樹，周圍錯落有致地排列著一塊塊私人花園和房產，都是新近劃分地皮拍賣而來，勞爾就是這樣才買下此處的宅邸。

汽車刻意多行駛一段距離才停下。大塊頭保羅縮在汽車裡，趴在後車窗上可清楚看到三十步開外勞爾住處的柵欄門，以及二樓打開的窗戶。司機則坐在駕駛座看報紙。他們不時說上幾句話。最後，大塊頭保羅不耐煩地說：

「媽的！我怎麼感覺這棟樓裡面好像沒住人，都一個鐘頭了，連個人影也沒看見。」

「當然啦！」胖子索斯泰納嘲弄地說道，「人家正如膠似漆嘛，哪裡會這麼急著起床……」

大約又過了二十分鐘，十一點半的鐘聲敲響了。

「啊，婊子！」大塊頭保羅的臉貼在車窗玻璃上，咬牙切齒地罵道，「還有那個混蛋！」

就在此時，二樓敞開的窗戶突然露出勞爾和克蕊拉的身影，他們把手肘撐在小陽臺的欄杆上，緊偎在一起，臉上洋溢著歡樂和微笑，克蕊拉的一頭金髮如此顯眼，這一切都被大塊頭保羅看得真真切切。

「我們走！」大塊頭保羅呵斥一聲道，一張臉發恨得直抽筋。「夠了……小蕩婦，她死定了！」

司機發動汽車，朝奧圖區人多的方向駛去。

「停車！」大塊頭保羅大吼一聲，「跟我來。」說著，他跳下車，走上人行道，進了一家咖啡館，裡面的客人寥寥無幾。「兩杯苦艾酒，再借個紙筆用用。」大塊頭保羅吩咐侍者說道。

他坐在那裡思量了很久，咧著嘴，一臉凶相，然後低聲說出自己的想法：「好吧，對……就這麼辦，她一定會自投羅網的，這樣一定可行。既然她愛他，她一定會這麼做的，如此一來勞爾一旦被我掐在手心裡，她就只能讓步……否則，算她倒楣。」

「可惜我沒見過那傢伙的筆跡……你見過嗎？」一陣沉默之後，大塊頭保羅先開口說話。

「沒有，不過我手邊有一封庫爾維的信，是從那夾層公寓的書桌偷來的。」

「快給我！」大塊頭保羅緊鎖的眉頭立刻舒展，興奮地搶拿過來。他接了信，仔細研究那筆跡好一會兒，還在紙上抄寫練習著。接著，他取來一張信紙，匆匆寫了幾行字，簽上庫爾維的名字。然後，他又拿起一只信封，模仿著庫爾維的筆跡，寫了一個地址——

摩洛哥林蔭大道二十七號　克蕊拉小姐收

「二十七號沒錯吧？那好……現在，仔細聽好我說的每句話。我得離開了，是的，如果我繼續留在這裡，一定會幹出傻事來。你先吃飯，之後你就回原地去守著。我猜勞爾和克蕊拉一定會分頭出門。勞爾會先出來，再過一個鐘頭或一個半鐘頭之後，克蕊拉才會出來散步。你趁這個時間開車到他家按門鈴。門開了，你就裝出一副大事不好的模樣，然後把這封信交給她。現在，你先唸唸看。」

「這地點選得不好，怎麼會約在伏爾泰河堤六十三號！不好，她不會去的。」索斯泰納接過信，讀完，搖了搖頭。

「她一定會去，因爲她料不到這其中有詐。她怎麼可能會想到我竟然選這個地方設陷阱？」

「就算是吧，那葛傑瑞怎麼辦？她一去不就被葛傑瑞看到了，他也會發現您的，老闆……」

「有道理。那……我再寫一封快信，你拿到郵局去發。」

才說完，大塊頭保羅提筆便寫——

請警方注意，大塊頭保羅及其幫派成員，每天傍晚都會在蒙帕納斯小酒館聚會。

「如果勞爾今天不出門，或者他晚點出門呢？」

「那就算我們倒楣，明天再行動。」

大塊頭保羅交代完畢，兩人便分頭行事。索斯泰納吃過午餐，又回到摩洛哥林蔭大道盯梢。勞爾和克蕊拉一直待在樓前小花園一角，一待就是四個多鐘頭。雖然天氣燥熱，但他倆卻一派神態舒然，坐在一棵老接骨木的樹蔭下細語。

勞爾臨要出門時，突然擔心地問道：「我美麗的金髮女孩，怎麼妳今天看起來有些傷感？妳在擔憂什麼事嗎？還是有什麼不好的預感？」

「自從我們相識以來，我就不再相信什麼預感了。可是每次我們要分開，我都會有點擔心。」

「只是分開幾個鐘頭而已。」

「對我來說已經夠久了。而且，你的生活那麼……神祕。」

「要不要我把我的生活全告訴妳，讓妳知道我所有的事？只是，這下妳可能得先聽我幹過的壞

事了！」

「……不，我寧願不知道。」克蕊拉想了一會兒，這才回答。

「妳是對的！」勞爾笑著說，「連我都不願知道自己幹了什麼事。不過我總能保持清醒，哪怕是閉上眼睛也能把事情看得清清楚楚。我們一會兒後見，我親愛的。別忘了，妳答應過我不出門。」

「你也不能忘，你答應過我不去河堤。」但克蕊拉不免略帶抱怨地低語著：「其實，我擔心的就是這個，你總是愛冒險……」

「我從不冒險。」

「你就是，每次我一想到你在外面做些什麼，眼前就會浮現一些畫面——要嘛被和你作對的匪徒包圍，要嘛就是和想捉拿你的警方周旋……」

勞爾接過她的話說完：「還有——一群瘋狗想要咬我，一堆堆瓦片掉下來砸我的頭，一株株竄起的火苗要燒我？」

「是的！是的！」克蕊拉連忙應和，情緒也變得快活興奮起來。最後，她深情地吻他，將勞爾送到花園的柵欄門口。「勞爾，早點回來！只有一件事最要緊，那就是待在我身邊。」

勞爾離開後，克蕊拉又獨自一人來到花園，努力想讓自己靜下心來專心讀點書，或讓自己提起興致做點刺繡。過了一會兒她又回到房間，想休息一下，睡個午覺。可是一整天，她都像失了魂似的，做什麼都心不在焉。

她時不時照照鏡子，並不禁感慨自己的變化可眞大呀！逝去的青春再也回不來了，眼睛周圍有了黑眼圈，嘴唇也不再那麼飽滿緊實，笑容也多了幾分淒楚。「有什麼關係？」她安慰自己道，「反正他愛我這個樣子。」

時間一分一秒地走著，好像漫無止盡。

終於，時鐘敲響了五點半。

這時，從遠方駛來一輛汽車，聲音越來越近。她聽到聲音，將身子探出窗外張望。汽車果然停在柵欄門口，只見一個大胖子司機下了車，按響門鈴。接著，她看到貼身男僕穿過花園，和陌生人攀談幾句，便拿著一封信走了回來，一邊走還一邊端詳著信封。僕人上了樓，敲門，把信交給了克蕊拉。

她拆開信封讀了起來，可是聲音立刻變得哽咽，然後慌慌張張地說：「我去……這就去。」

「可是太太，主人吩咐過……」僕人看她有些不對勁，提醒道。

男僕見狀，一把抓過信來讀道——

小姐，主人在樓梯上受了傷，現在躺在夾層公寓的書房裡休息，沒什麼大礙，只是他想見您。

庫爾維敬上

男僕本來是很熟悉庫爾維筆跡的，但由於這封信的字跡實在模仿得天衣無縫，連他也上了當，便不再阻攔克蕊拉。再說，克蕊拉心急成那樣，他勸也勸不住啊。

克蕊拉趕緊穿好外衣，跑著出了門，見到索斯泰納那張寬厚老實的面孔，問了問情況，沒等他回答就坐進了車裡。

chapter 14 佯作聲勢

克蕊拉一刻也未曾想到，信裡可能有詭計和陷阱。勞爾受了傷，甚至死了也說不定——她從頭到尾只想著這件事，再也考慮不了別的。即使她能夠思考，可是在腦子一片混亂的情況下，她也只能往發生意外的方向想——勞爾去了六十三號，碰上葛傑瑞和大塊頭保羅，發生了衝突，受傷後被抬到夾層公寓。她所能想到的就是慘劇、災難——勞爾一定是受了重傷，傷口很深，而且正在汩汩流著血。

可是「受傷」的這個假設還只是最樂觀的情況，她甚至覺得不僅如此。她一直擔心自己的心上人是不是快死了。她想，倘若情況不嚴重，庫爾維信中的措辭就不會那麼刻意輕描淡寫。不，勞爾肯定快死了，她對此毫不懷疑。倏地，她突然發現結局其實早已註定——命運讓勞爾認識了自己，所以註定他不可避免地要遭遇死亡。一個愛她克蕊拉又令她深愛的男人，命中註定結局如此。

但她卻毫不擔心自己到達時會是什麼場面，完全不去想勞爾究竟是與葛傑瑞、或大塊頭保羅正面遭遇，也不去想伏爾泰河堤六十三號的夾層公寓是否已經受到警方控制，一旦警方看到她金髮克蕊拉現身必定會立刻撲上來，逮住他們覬覦已久的獵物……她甚至根本沒想到這些，或者對她來說，她已經不在乎了。如果勞爾已不在人世，那她被捕坐牢又有什麼關係？

這些縈繞不去的念頭頃刻間塞滿了她的腦袋，她已沒有力氣將它們一一串起，頂多僅幾個零亂的句子或可怕的畫面冒出來，然後便毫無邏輯地接在一起，自她腦海閃過。眼前的風景、塞納河沿岸風光、房屋、街道、人行道、行人全糅雜在一起，但卻都不慌不忙地緩緩在她眼前展開，急得她不時朝司機嚷嚷：「快，開快一點，您怎麼都沒前進呢……」

索斯泰納卻只是將他那張友善的面孔轉向她，似乎在說：「夫人，您放心，我們會趕到的……」

是啊，他們終於到了。

克蕊拉沒等汽車停穩便推開車門，跳到人行道上。

遞錢給司機，他不要。她就把錢往座位上一扔，也沒仔細張望周圍的情況，逕直便往一樓門廳跑去。這會兒，看門女人在裡面，她也顧不得應該先去找她，就匆匆跑上了樓。大樓靜得出奇，甚至沒有僕人出來迎接，她不免感到有些詫異。

夾層公寓的平臺上也沒有人，沒有一點聲響。她感到意外，卻未停下腳步，仍舊不顧一切衝進陷阱，瘋瘋癲癲地不顧一切——如果勞爾不在了，她也什麼都無所謂了。

勞爾的公寓大門半掩著。她推門進去，可是還沒反應過來，嘴巴就被一隻手死命捂住，緊接著一團布塞進了她的嘴。另一隻手則抓住她的肩膀，狠命往前一推，克蕊拉一個踉蹌，跌進房間，撲倒在地板上。

瓦爾泰克斯放了心，不慌不忙走到門後插上保險銷，又隨手帶上客廳的門，這才欠著身子看看倒在地上的克蕊拉。

克蕊拉沒昏過去，這一跤反倒跌醒了她，知道自己落入圈套。她睜開眼睛，驚駭地望著瓦爾泰克斯。瓦爾泰克斯看著克蕊拉軟弱、喪氣、挫敗、絕望的樣子，不禁笑了起來。她從沒聽他這樣笑過，那樣冷酷殘忍，除非瘋了才會想去祈求他的憐憫。

他將她提起來，放到長沙發上，讓她坐下。屋裡僅剩的兩件家具就只有這張沙發和那把大扶手椅。然後他打開相連的臥室門，說道：「臥室裡沒人，公寓的門也鎖死了，現在沒人救得了妳，克蕊拉。誰都休想，包括妳那個好朋友。他絕不可能來救妳，因爲我已經將他的行蹤告訴警方，有他們盯著，他來不了。所以妳也別再抱什麼幻想，妳知道接下來會發生什麼事吧。」

「妳知道接下來會發生什麼，是吧？妳知道等著妳的是什麼？」瓦爾泰克斯又重複了一遍。說著，他掀開緊閉的窗簾一角，汽車停在外面，索斯泰納在人行道上把風。他冷笑一聲說道：「現

在，這棟房子四周都有人把守，一個小時內不會有人來打擾我們。可是，這段時間內我們要做些什麼呢？做什麼都可以，但我要做的只有一件事。做完，我們就一起離開，汽車就在樓下等我們……然後坐火車……然後就是美好的旅行……好不好？」

只見瓦爾泰克斯朝女孩邁了一步。

克蕊拉嚇得渾身瑟瑟發抖。她垂下眼睛看著自己的雙手，想忍住別讓自己再發抖，可是雙手根本不聽使喚，抖得有如風中的殘葉，兩條腿也是一樣。她感覺自己全身陣陣發涼又發熱。

「妳很害怕，是不是？」瓦爾泰克斯明知故問。

「我……不……怕……死。」克蕊拉囁嚅地回道。

「我知道，可是妳害怕接下來將發生的事。」

「接下來什麼事也不會發生。」她搖搖頭，壯著膽子說。

「不，」瓦爾泰克斯恬不知恥修正她的話，「會發生很重要的事，我最在乎的一件事。還記得第一次的時候嗎，自從那回之後，我們在一起妳就一直是這樣……。妳不喜歡我，這我知道，妳甚至恨我，可是妳卻又那麼軟弱。等妳再也反抗不了，等妳再也沒了力氣，所以就……妳肯定還記得吧？」

他一邊說，一邊繼續逼近沙發。克蕊拉連連往後靠，一邊伸出雙手想推開他。他又不知羞恥地接著說：「啊，妳已經開始準備反抗了，就像從前那樣……太好了，我也不打算徵求妳的同意，要想吻妳，就該使用點暴力，這樣反倒更來勁，我早就不在乎什麼尊嚴了……」

說著，瓦爾泰克斯露出一副奸黠可鄙、充滿邪念的面孔，他緊握雙手，作勢要去掐克蕊拉那脆弱的細頸，克蕊拉嚇得不停抽搐，想喊叫又喘不過氣來，只嘶啞地喊出了幾聲……

她從沙發上站起，跳到扶手椅背後，試圖躲開瓦爾泰克斯的進攻。突然，她看見旁邊一張桌子的抽屜微微開著，裡面竟然放了一把手槍，她伸手就要去構，可是卻被瓦爾泰克斯攔下。克蕊拉慌了神，死命想逃，險些摔倒，最後還是被那雙恐怖的手抓到，掐進她的喉嚨，讓她動彈不得。

她只感到自己膝蓋一軟，被推倒在長沙發上，她覺得自己快要失去知覺了……

可是忽然間一聲清脆鈴響拯救了克蕊拉，那雙大手也似乎放鬆了些。大塊頭保羅扭過頭，豎起耳朵仔細聽，並未聽到其他動靜，保險銷也是插好的，還有什麼好擔心的？

他正打算繼續，卻突然害怕地「哼」了一聲。抬頭只見兩扇窗戶之間的杜頂閃耀著一束亮光，吸引了他的目光。他一下呆住，目瞪口呆，不明白發生了什麼不可思議的事。

「他……他……」他驚慌地囁嚅道。

是幻覺還是惡夢？瓦爾泰克斯清清楚楚看到杜頂有一塊亮亮的東西，就像電影銀幕，上面映出了勞爾洋洋得意的面孔。那不是肖像畫，而是活生生的面孔，眼睛會動，還帶著自我介紹時那種親切愉快的微笑，彷彿在說：「怎麼？是啊，是我。沒料到我會來，是不是？見到我很高興吧？我也許遲到了幾分鐘，但一切都不晚，我這不是來了嗎！」

接著，瓦爾泰克斯果然聽到鑰匙插進鎖眼的聲響，保險鎖的鑰匙也插了進去，接下來是推門的聲音……瓦爾泰克斯挺起身子，惶恐地望著門口。克蕊拉一聽到開門的聲音，緊張之情頓時放鬆了下來。

大門就這麼如許自然地被推開，不像是要強行闖入或發起突襲，而像主人回到家，發現家裡井井有條，東西都在原位，見幾個好友正在親切談論自己那樣，感到輕鬆和欣慰。

勞爾毫不爲難，也無防備，只是走到瓦爾泰克斯身邊，關掉杜頂的鏡子，然後對瓦爾泰克斯說：「怎麼一副要上斷頭臺的模樣？也許將來會，但眼前你可沒有任何危險。」

然後，他又對克蕊拉說：「小姐，妳看，不聽勞爾的話吃苦頭了吧。這位先生大概寫了封信給妳，是嗎？那就拿給我看看。」她把一張揉皺了的紙遞給他。勞爾掃了一眼。

「都怪我太疏忽了。」勞爾自責地說道，「我本該想到會有這等圈套，都是老套，戀愛中的女人任誰都會一頭闖進來。不過，我的小姐，現在用不著害怕了，快別皺著眉頭，笑一個。妳瞧，他害不了人的，因爲……他是一隻綿羊，一隻發呆的綿羊。他大塊頭保羅只要一想起我和他之前的幾次交手，哪裡還敢冒險跟我作對？笑話，瓦爾泰克斯你說對不對？你學乖了是不是，學乖了卻還是腦袋不清楚。怎麼，你這鬼東西，你讓司機公然待在大街上，他那副面孔還眞是特別，我一下就認出他是今天早上把車停在摩洛哥林蔭大道上的傢伙。下次要想耍什麼花招，還是先諮詢一下我的建議吧。」

瓦爾泰克斯努力想振奮自己。他握緊拳頭，眉頭緊蹙，顯然被勞爾的挖苦激怒了。勞爾見他這副模樣，越發得意地往下說：「說真的，老兄，你還是得反抗一下！我跟你說過了嘛，今天還不到你上斷頭臺的日子，你還有精力可以鬧一鬧。今天，我只有一個動作，就是溫柔地、恭敬地把你的手腳捆起來。之後我就打電話給警察總局，讓葛傑瑞來取貨。你瞧，我的計畫就這麼簡單……」

勞爾每說一句，瓦爾泰克斯就更加憤怒。尤其看到勞爾和克蕊拉親密融洽的樣子，更是怒不可遏。這會兒，克蕊拉已不再害怕，甚至笑了起來，似乎在與自己的新情人一起嘲弄他瓦爾泰克斯。瓦爾泰克斯一想到自己陷入這般荒唐可笑的處境，一想到在自己喜歡的女孩面前受到侮辱，便又鼓起了鬥志。輪到他進攻了。他知道自己手裡有他們的把柄，便決定全倒出來，他一腔怒火，躍躍欲試，準備一招擊中要害。

只見他坐在扶手椅上，腳惡狠狠地跺了幾下地板，然後字斟句酌地說：「這麼說，你是想把我交給警方？你在蒙馬特區的酒吧、在藍色俱樂部都害我一無所獲，現在偶然碰到我，又想利用這個機會加害我，對不對？好吧，我不信你辦得到。不過，無論如何你得知道，你若敢害我，你也不會有好下場，她也一樣，尤其是她。」說完，瓦爾泰克斯便轉向克蕊拉。克蕊拉坐在長沙發上，一動也不動，神態平靜許多，只是仍不免有些緊張、焦灼。

「我說，得了吧，想唬我？叫囂可沒用！」勞爾不甘示弱地說道。

「你也許認為是叫囂！」瓦爾泰克斯說，「但對她來說，絕不是。喏，你瞧，她一副正襟危

坐的樣子，打算聽我說下去呢，因爲她知道我從不開玩笑的，我不像某些人會浪費時間發表長篇大論，我只說重點，字字到肉！」說著，他轉過頭去，死死盯住克蕊拉的眼睛：

「妳知道侯爵是妳什麼人嗎？」

「侯爵嗎？」她問。

「是的。有一天，妳告訴我，他認識妳母親。」

「他是認識她。」

「我那時就發現，妳開始感到懷疑，卻苦無證據。」

「什麼證據？」

「得了，沒必要裝傻，可不是？那天夜裡，妳自己跑到尚・埃爾勒蒙家去找，不就是想找證據。其實我早在妳潛入之前，就已經翻過那個祕密抽屜。妳在那裡找到了妳母親的相片，背面的題辭確鑿無疑表明了她與侯爵的關係。妳母親是侯爵的情婦，是他成百上千情婦中的一個。妳，就是他尚・埃爾勒蒙的私生女。」

克蕊拉沒有反駁，她在等待下文。瓦爾泰克斯繼續說：

「先別急，這個問題不是最重要的，我之所以提出，只是想向妳確認此事屬實。尚・埃爾勒蒙是妳的生父，我不知道妳對他懷有什麼樣的情感，但這是妳最近才得知的事，想必會對妳的所作所爲有所影響。是的，尚・埃爾勒蒙是妳父親。可是……」瓦爾泰克斯的神態變得更加嚴肅了：「可是，妳父親在沃爾尼克莊園慘案裡究竟扮演什麼角色，我想妳並不清楚？那樁案子，妳肯定已經聽說，肯定是妳的情郎告訴妳的。」說出「情郎」這兩個字時，瓦爾泰克斯是多麼氣惱啊！「妳知道，我姑姑伊莉莎白・奧爾南被謀殺了，身上的首飾也被搶走了。在這件事裡，妳曉得妳的生父扮演什麼樣的角色嗎？」

「眞是個蠢問題！尙・埃爾勒蒙侯爵扮演什麼角色？他不就是當天的一個客人，案子發生時他也在現場。」勞爾不屑地聳聳肩。

「警方是這麼說，但事實並非如此。」

「那照你看，事實又是如何？」

「伊莉莎白・奧爾南是被妳那個侯爵父親殺死的，首飾也是他偷走的。」瓦爾泰克斯忿恨地站起身，他一邊說，還一邊狠命地捶桌。

「啊，這瓦爾泰克斯還眞是有意思，太會說笑了，你還眞幽默！」勞爾聽了，不禁哈哈大笑。

「撒謊……你撒謊……你沒有權利這麼……」克蕊拉十分氣憤，結結巴巴地說著。

瓦爾泰克斯的心頭湧起一陣怒火，又惡狠狠地將剛才的話重複一遍。然後，他竭力克制自己的情緒，坐了下來，詳細道出對侯爵的指控：「當時，我才二十歲，對伊莉莎白・奧爾南有祕密情人這件事一無所知。十年後，我偶然在家裡翻出一些信件，才對此事略有瞭解。只是我不懂，侯爵當時何以對司法當局隻字不提？所以我自己作了一番調查。一天早上，我翻牆進了莊園。你們猜我看

見了什麼？尚．埃爾勒蒙！他正和看守莊園的人一起在廢墟上散步，追趕野物。原來，他尚．埃爾勒蒙就是後來買下這座莊園的神祕人物！從那之後我便四處打聽，還查遍當時巴黎和奧維涅報紙上所有關於此事的報導。光是沃爾尼克，我就去了不下十次，四處詢問，問問村民。同時，我也逐漸接近侯爵，幫他做事，這樣就可以趁他不在時潛進他家，翻抽屜找證據。我想剝去這傢伙的層層僞裝，查出事實眞相。但很遺憾，司法當局卻不這麼想。」

「那，我的老兄，你有什麼發現嗎？你的腦筋還眞是靈活！」

「當然有發現。」瓦爾泰克斯鄭重其事地說，「正因爲如此，我才得以將許多細節串連起來，這樣才能將他尚．埃爾勒蒙的醜陋嘴臉公諸於世。」

「那你就說下去吧。」

「當年，在劇院那天，建議朱維爾夫人邀請伊莉莎白．奧爾南到沃爾尼克莊園的，就是他尚．埃爾勒蒙。說服伊莉莎白．奧爾南到古堡廢墟唱歌的也是他，是他指出在廢墟演唱效果最好。最後，也是他領伊莉莎白．奧爾南穿過花園，送她走上通往祭壇的臺階。」

「是啊，可是整個過程大家都看見了。」

「不，並非整個過程。從他們轉進第一層平臺的轉角，到伊莉莎白．奧爾南獨自從灌木叢小路盡頭現身，這段短短的路她竟花了近一分鐘的時間。這一分鐘裡發生了什麼事？在場的人沒人注意，也沒人知道。但我們聯想一下在場僕人的證詞，就不難弄清楚這一分鐘裡到底發生了什麼事。

可是很遺憾，警方的人全是飯桶，僕人的證詞如此明顯，他們卻不願深究。要知道，當伊莉莎白・奧爾南從灌木叢中出現時，已經有人發現她脖子上的項鍊不見了。」

「如果是侯爵搶走了她的項鍊，伊莉莎白・奧爾南怎麼不抗議？」勞爾又聳了聳肩膀。

「不，他沒搶，是她主動交給他的。她認爲那些首飾與接下來將演唱的歌曲風格不搭襯，這倒完全符合伊莉莎白・奧爾南的性格。」

「侯爵得到項鍊，馬上返回莊園的平臺，然後在聖靈的幫助下，從遠處殺了她……眞是太高明了！」勞爾諷刺地說道。

「不，當然不是他親自動的手，他雇人殺了她。」

「可是，那些都是表演用的假首飾，人造的紅藍寶石，誰會爲了這些假玩意兒殺害自己心愛的人呢？」勞爾感到不耐煩了。

「你說得沒錯。但如果那些寶石不是假貨，而是價值連城的眞寶石，那就不免會有人狠下心來，見財起意！」

「哦，是啊，可是奧爾南夫人本人不是已經說了嗎，她的那些首飾都是爲了舞臺表演而戴的，都是假的。」

「她是迫不得已才這麼說。」

「迫不得已？」

「當時她已經嫁人……而這些首飾，是一個美洲人送給她的，她以前是這個美洲人的情婦。爲了隱瞞丈夫和周遭愛嫉妒的朋友，伊莉莎白・奧爾南不得不撒謊。我手裡有證據可證實這一點，我還有文件可以證明這些珠寶確實價值連城。」

「那麼，究竟是誰殺死了奧爾南夫人？」勞爾尷尬地問，他看了看克蕊拉，此時她正以雙手捂臉，悲傷地聆聽著。

「是一個行蹤神祕的傢伙。莊園裡所有人甚至不知道當天有這麼一個人到過現場。此人叫加修，是個落魄的牧羊人。他雖然是個天眞的傢伙，但並不瘋，只是頭腦太過簡單。有人可以證明，尙・埃爾勒蒙在朱維爾家作客期間，經常去找加修，還時不時送他一些衣服、雪茄，還塞錢給他。他這麼做爲的是什麼，目的何在？所以，我親自去拜訪了這個加修先生，儘管他的話沒頭沒尾，前言不搭後語，但我還是輕鬆地從他口中套出了一些事。他跟我說有個唱歌的女人，唱著唱著就倒下去了……可是有一天，我無意間撞見他在揮舞一個很大的彈弓，他抬頭看見一隻小鳥飛過，立刻舉起他的彈弓，用力一拉，飛鳥便瞬間跌落在地。我恍然大悟，整樁謎案也就迎刃而解了。」

「然後呢？」一陣沉默過後，勞爾問道。

「然後？事實不是已經很清楚了嗎？毋庸置疑，加修是受到侯爵的唆使和收買，偷偷躲在廢墟高處的頹牆後方，用彈弓擊中伊莉莎白・奧爾南的脖頸，將她殺害，隨後便溜之大吉。」

「你說的這些純屬推測？」

「不，我發誓這就是事實。」

「你有證據？」

「當然，證據確鑿。」

「你是說……」勞爾故意漫不經心地問。

「我是說，如果警方逮住我，我就會指控侯爵，控告他謀殺伊莉莎白·奧爾南。我會拿出手中的所有資料證明尚·埃爾勒蒙那時手頭拮据，他曾試著透過一家偵探事務所找回一份消失無蹤的遺產，卻沒有結果；這十五年來，他之所以能繼續維持體面的生活，全靠那些偷盜得來的財寶。因此，身為伊莉莎白·奧爾南的姪子，我要求收回那些項鍊，或至少也要得到等值的賠償。」

「你半毛錢都別想拿到。」

「那就算了，反正我無所謂，但至少能讓尚·埃爾勒蒙名聲掃地，讓他坐牢。他是個膽小鬼，雖然他現在還不知道我究竟瞭解他多少底細，但我想只要我開口，他絕不會拒絕給錢。」

chapter 15 生死未卜

勞爾在房子裡踱來踱去，腦袋不停地思考著。克蕊拉則坐在那兒，一動也不動，雙手捂著臉，不知該如何是好。瓦爾泰克斯站在那兒，雙手交叉，端在胸前，一副理直氣壯的樣子。最後，勞爾走到他面前停下。

「說來說去，你不過就是想勒索一筆。」

「我是想替我姑姑伊莉莎白報仇。現在，我手上掌握的這些證據就是我的本錢，我可要好好利用。你攔不了我的，所以不如放我走。」

「然後呢？」勞爾的眼睛一直盯著他，問道。

「然後？」瓦爾泰克斯看了看克蕊拉的表情，以為自己穩操勝券，威脅奏效，絕對可以徹底勝利。於是便說：「然後，我的情人要來和我會合，一個小時後，她就得到我的住處，讓我把地址告訴她。」

「你的情人？」

「就是眼前這位。」瓦爾泰克斯指著年輕女孩說道。

「怎麼，你還不死心？你還希望……」勞爾的臉登時變得煞白，加重語氣說。

「不是希望，」瓦爾泰克斯也激動了起來，「我就是要她，她必須回來，她本來就屬於我，她本來就是我的情人，卻被你偷走了……」

瓦爾泰克斯忽然停住，他不敢再說下去，勞爾的臉色實在太可怕了，令他不由自主想伸手到口袋裡去摸槍。這兩個情敵先是虎視眈眈地盯住對方，但突然間，勞爾原地跳起，雙腳往瓦爾泰克斯的踝骨就是一踩，緊接著一雙手像鐵拳般死死抓住對方的兩條手臂。瓦爾泰克斯痛得彎下身子，沒有力氣反抗，一下子倒在地上。

「勞爾！勞爾！」克蕊拉叫喊著衝過來，「……不要，求求你……你們別再打了……」

勞爾抑制不住心中的怒火，拳打腳踢，將對手揍了好一頓。他只想好好懲罰這傢伙，至於瓦爾泰克斯的解釋、恐嚇，他根本懶得再理。這傢伙要跟他爭奪克蕊拉，這個自稱克蕊拉前情人的傢伙，居然在他羅蘋面前大吹大擂，甚至還拿過去的事當靠山跟他討價還價。在勞爾看來，只有給此人一頓教訓，才能讓他不再想入非非，不在光天化日下做白日夢。

「別……勞爾，我求求你，」克蕊拉哀求道，「放了他，讓他走，別把他交給警方。我求求你，為了我父親，讓他走吧。」

「克蕊拉，別擔心，他不可能控告侯爵的。首先，他說的事情怎麼可能是真的？其次，就算是真的，他也不會說的，因為他的心思根本不在那兒。」勞爾不打算停手，邊揍邊回答。

「不，」年輕女孩哭著求他，「不……他會報復的。」

「沒關係！這是條會咬人的惡狗，現在就得制伏他……否則，他遲早會回來反咬一口……」

克蕊拉不讓步，竭力阻止勞爾揍瓦爾泰克斯。她搬出尙・埃爾勒蒙侯爵，說他不該受到遭人指控的危險。

勞爾終於停了下來，怒火也漸漸消散。他說：「好吧，我讓他走。你聽見了嗎，瓦爾泰克斯，還不快滾！如果你膽敢碰一下克蕊拉或侯爵，我一定要你的命！現在，快滾吧！」

瓦爾泰克斯趴在地上，過了幾秒鐘仍動也不動。難道是勞爾下手太重，打得他喘不過氣，站不起來？這會兒，那傢伙用手肘撐著地面，竭力想爬起來，可是不行，他又倒了下去，如此花了兩、三輪工夫，才慢慢爬到扶手椅旁，再次掙扎著站起來，可是一個不穩，身子又歪倒在地。沒想到這一切都是他裝出來的。他這麼做沒別的目的，就是想靠近那張獨腳小圓桌。突然，他把手伸進了抽屜，抓起裡面那把手槍，聲嘶力竭地大吼一聲，舉起槍，倏地轉身瞄準了勞爾。

動作雖然迅速，他卻來不及開槍。因為克蕊拉已經一個箭步橫到兩個男人中間，她下意識地從胸衣抽出一把刀，一下刺進了瓦爾泰克斯的胸膛。那動作太快，瓦爾泰克斯根本來不及反應，勞爾想制止也已經太遲。

一開始，瓦爾泰克斯似乎渾然未覺，一點也沒感到痛。可是一瞬間，他那張平時蠟黃的臉，突然沒了血色。只見他高大的身軀劇烈搖晃了幾下，忽然栽倒下去，上半身和雙臂重重跌到長沙發上，緊接著幾聲粗重的喘氣聲，再發出幾聲嗝，然後就一動也不動，安靜了下來。

克蕊拉手持那把血淋淋的刀子，瞪著驚恐的大眼睛，注視著瓦爾泰克斯踉蹌倒下。瓦爾泰克斯倒地的那一刻，勞爾不得不扶著她，她已嚇得魂飛魄散，語無倫次了：「我殺人了……我殺人了……你不會再愛我了……啊，眞是太可怕了！」

「怎麼不會，我愛妳，我愛妳一生一世……可是妳爲什麼要拿刀刺他？」勞爾輕聲地說。

「他要朝你開槍……」

「可是，我親愛的……槍裡沒有子彈啊！我把它放在那裡，正是爲了引他上鉤，這樣他就不會掏自己的槍了……」

說完，勞爾扶克蕊拉到扶手椅上坐下，把椅子轉過去，讓她見不到瓦爾泰克斯的屍體。接著，他彎下身子，仔細檢查瓦爾泰克斯，聽了聽他的心臟，小聲地說：「還有心跳……可是已經沒救，他要死了。」

勞爾一心想著克蕊拉，無論如何也要補救，他必須保護自己的心上人，於是他說：「我親愛

的，妳快走，妳不能再待在這裡，警方就要來了……」

「我離開了，你怎麼辦？」她一聽，也激動起來。

「妳想一想，要是讓人見到妳在這兒，後果會怎麼樣？」

「可是，你呢？」

「我不能扔下這傢伙不管……」勞爾顯然還有些猶豫。他知道瓦爾泰克斯已經沒救，但他自己也心慌意亂，拿不定主意，下不了決心離開。

「我不走。人是我殺的，要逮捕，就逮捕我好了……」克蕊拉也不肯讓步。

「不行，絕對不行。逮捕妳？我可不同意，我不允許……這傢伙是個惡棍，他該落得這個下場！我們走，馬上走，妳不應該留在這裡……」勞爾一聽這話，也慌了地說。說著，勞爾踱到窗邊，才剛撩起窗簾，便退了回來：「是葛傑瑞！」

「什麼！」克蕊拉一聽更加驚慌，惶恐地問，「葛傑瑞？他上來了？」

「沒有……他下令監視這棟樓，旁邊還跟著兩個手下……我們是逃不出去了。」

歷經短短幾秒鐘的慌亂，勞爾立刻反應了過來。他扯來一塊桌布蓋在瓦爾泰克斯身上，克蕊拉則在屋裡來回踱步，不知如何是好，也不知該說些什麼。那傢伙仍在桌布底下顫動著身子。

「我們完了……我們完了……」年輕女孩喃喃地說。

「別胡說！」勞爾安慰道，現在的他已不再感到慌張，恢復了鎮定，控制住自己的情緒。他想了想，又看了看錶，隨即抓起電話粗魯地說：「喂、喂，小姐，能聽到我的聲音嗎？我不是要您接通哪裡的電話。喂，請值班的人來接電話。喂，是值班的人嗎？啊，是妳，卡洛琳娜，我真走運。親愛的，妳好嗎，是這樣的，待會兒請妳撥一通電話到我這裡，不要掛斷，讓電話鈴響個五分鐘。這房子裡有個傷患，我得讓樓下的看門女人聽見電話鈴聲，引她上樓。明白了嗎……不是，卡洛琳娜，妳放心，我一切都好，只是出了點小意外而已，沒什麼大礙。再見了，親愛的！」

他一剛掛上話筒，電話鈴就響起了來。他抓住心上人的手，對她說：「走，我們離開。不出兩分鐘，看門女人就要上來了，她會處理好一切的，她肯定認識葛傑瑞，所以一定會去找他。來吧，我們從樓上離開。」

勞爾說話時平靜極了，手卻抓得緊緊的，讓人想拒絕都不行。克蕊拉也未表示反對，乖乖地同意順從。他收起刀子，擦去電話上的指紋，扯掉瓦爾泰克斯身上的桌布，拆除柱頂上的銀幕機關，然後領著克蕊拉，敞著大門，離開了。

電話鈴聲尖銳而固執地響個不停。此時兩人已經來到四樓，也就是尚・埃爾勒蒙侯爵套房的樓上，僕人住的那層。勞爾對準一扇門撞了過去，幸好門沒有鎖死，也沒上插銷，稍用點力就開了。

兩人才剛走進去，門還未關好，樓下就傳來一聲驚叫，是看門女人的聲音。她聽到電話鈴聲一直響個不停，便走上樓來查看，誰想到才剛爬上通往夾層公寓的樓梯，就看到勞爾家的大門敞開，客廳裡一片狼籍，長沙發上躺著奄奄一息、身體仍在抽動的瓦爾泰克斯。

「到目前爲止，一切順利。」勞爾自言自語著，又恢復了他那不慌不忙自我解嘲的習慣。「這下就看那老女人的了，她得善盡她的職責。現在這事可和我們毫無關係了。」

四樓錯落排列著僕人的臥室和閣樓間。此時沒有任何僕人在這一層。閣樓間裡存放著一些廢棄的箱子和舊家具，門上用的都是掛鎖。勞爾沒費什麼力氣，很快就扭開了一把，開了閣樓間的門走了進去。剛好，裡面有一扇採光用的天窗，天窗並不高，伸手就能搆到。

克蕊拉一聲不吭，一臉沮喪，只管聽從勞爾的口令動作，失了魂似地服從著他，嘴裡則不停唸叨：「我殺人了……我殺人了……你不會再愛我了……」

顯然，她現在的腦袋一片茫然，心裡一直想著只要自己殺了人，就會影響她與勞爾之間的感情。至於她自己的安危，葛傑瑞探長是否正在追捕她，以及他們從屋頂逃走時可能遭遇的危險，她絲毫不在乎。

「上來了。」勞爾興奮地說道，他現在全副心思都想著該如何成功逃走，緊急關頭就是要迅速反應，這是他的一貫作風。「現在，所有情況都對我們很有利。隔壁棟的五樓正好與我們這棟樓的屋頂一樣高。妳不得不承認……」

見克蕊拉一言不發，勞爾於是轉換話題，自我慰藉和鼓勵克蕊拉一番：「這瓦爾泰克斯眞是個蠢貨，又是威逼又是耍詐，他還以爲自己就要逃脫了，沒想到卻激怒了對手，逼使我們不得不還手。所以，我們的防衛完全正當，是他要朝我們開槍，我們怎能聽天由命，當然要加以反抗。至於現在，形勢對我們再有利不過了。」

雖然現在的形勢對他們有利，但也得先躲起來再說。勞爾心裡很清楚這一點，也做好了一切準備。這兩幢建築之間的天井距離很窄，他很輕鬆便跳了過去，也幫著克蕊拉跳了過去。兩人下到一間房內，他們眞幸運，這房間像是沒住人，只散亂地放了幾件家具，以及搬家時沒來得及帶走的一些雜物。兩人穿過走廊來到套房的門口。門很輕易便被勞爾打開。前方有道樓梯，他們下了一層樓，又再下一層，最後來到一、二樓夾層的樓梯平臺上。這時，勞爾小聲地說：

「妳瞧，巴黎的每棟房子都有看門人。如果我們兩個一起出去，很可能會被這棟房子的看門人看見，所以最好分頭離開。妳先出去，聽好了，出門之後就是一條直通碼頭的路。妳走過去，然後左轉，背對塞納河，在右邊第三條街五號有一棟小房子叫郊區日本會館。妳走進去，到大廳等我。我兩分鐘之後就趕到。」說完，他又摟著克蕊拉的脖子，吻了吻她的唇。「來吧，親愛的，勇敢一點，振作起來，別這麼愁眉苦臉的。妳想一想，妳救了我一命呢。是的，妳救了我的命，那手槍裡是有子彈的。」

他很自然地說了謊，但還是無法讓克蕊拉卸下心中包袱。克蕊拉低著頭，沒精打采地離開了。勞爾探頭往下看，見她出門後往左邊走，便放了心。他默默數到一百，爲保險起見，又再數了一百。然後他便戴上帽子，架著一副眼鏡走了出去。

來到川流不息的窄街上，勞爾一直拐到橫向的第三條街。街道的右側有一家店鋪，門上赫然掛著郊區日本會館的招牌。門面十分簡樸，但大廳的上方裝著天窗穹頂，陳設也頗爲講究。勞爾走了進去，可是克蕊拉並不在那兒。這會兒，大廳裡一個客人也沒有。勞爾立刻感到不安，他又回到外面，滿街尋找，匆匆走回剛剛走出的那棟樓，沒找到人，又趕緊回到會館。

不，克蕊拉不在那兒。

「怎麼可能？……我就在這兒等著……等到她出現爲止……」勞爾慌了神，一直喃喃自語。可是他等了半個小時、一個小時，有時還跑到鄰街去找，都沒有結果，還是不見她的人影。最後，他想克蕊拉應該是回奧圖區去了。於是他離開會館，心裡想著克蕊拉剛才神情沮喪，大概沒聽清楚會合地點或是沒記住，便乾脆回去了。她在家裡一定等他等得很著急。於是勞爾趕緊跳上一輛計程車，吩咐司機坐到旁邊的位置，由他親自開車——情況緊急時，他往往會這麼做。

回到家，他看見男僕在花園裡，然後又在上樓時遇見了庫爾維。

「克蕊拉呢？」

「不在家。」

勞爾一聽，立刻呆住。她到底去了哪兒？到底發生了什麼事？她怎麼沒回家？勞爾一下子慌了，有個可怕的念頭在他腦海中打轉，逐漸膨脹，越來越清晰。它是那樣合乎邏輯，以致他越琢磨，越覺得可憐的克蕊拉肯定走出了那一步。她失手殺了人，以爲自己的情人會從此對她心生憎惡，於是——她動了輕生的念頭？剛才，她一聲不吭就離開了，臉上沮喪的表情不就是很好的證明？她覺得自己殺了人，便再也不願、也沒臉面對自己的心上人。

勞爾似乎看見克蕊拉獨自一人在夜裡漫無目的地遊蕩，沿著塞納河走著，黑漆漆的河水被燈光照得直晃人眼，誘惑著她。他看見她慢慢地走進水裡，然後縱身一躍，不見了蹤影。

一整夜，勞爾惶恐不安，非常害怕。無論他如何慣於控制自己的情緒，也不免做出種種可怕的假設。這些假設在暗黑夜晚的配合下，儼然成了活生生的現實。他悔恨不已，怪自己沒事先料到瓦爾泰克斯會下此圈套，怪自己不該把事情弄得這麼複雜，怪自己不該與克蕊拉分開出門。

直到天色漸亮，他才睡著。但不到八點鐘，又驚醒過來，似乎有什麼使命在呼喚著他。

勞爾按了鈴，叫僕人上來。

「有新消息嗎？」他問，「克蕊拉她……？」

「沒有。」僕人回答。

「怎麼可能？」

「先生，您問庫爾維就知道了。」

庫爾維走進勞爾的臥室。

「她還沒回來？」

「沒有。」

「一點消息也沒有嗎？」

「沒有。」

「你撒謊！你撒謊！」勞爾一把抓住祕書，呵斥道，「你撒謊！沒錯，你這副爲難的模樣，我一看就知道。快說，到底發生了什麼事？快說呀，蠢東西，你以爲我會害怕知道眞相？」

庫爾維沒說話，默默地從口袋抽出一份報紙，遞過去。勞爾趕忙奪過來，看了一眼，便破口大罵。只見報紙的頭版頭條新聞，以大字赫然寫著——

大塊頭保羅被殺。被害人的昔日情婦金髮克蕊拉，遭葛傑瑞探長在犯案現場當場抓獲。警方認定她就是殺人凶手，她的新情人勞爾則是共犯，在藍色俱樂部的開幕晚會當天，就是他救走了克蕊拉。此人目前仍在逃，下落不明。

chapter 16

誘拐人妻

大探長葛傑瑞這一次的好運純屬偶然。大塊頭保羅寫的快信送到警察總局時，他根本不在，而是像往常那樣去了伏爾泰河堤，聽他的部屬彙報監視情形。他每天都在此時到達，因爲有情報指出金髮克蕊拉前幾次都是在這個時間來訪。那天，看門女人從夾層公寓的窗戶向外呼救時，他正好在那裡。

葛傑瑞一聽到出事了，「嗖」地竄了進去，旋風般闖入勞爾的夾層公寓。但他一踏進屋子就停下腳步，倒不是因爲被垂死的大塊頭保羅嚇到，而是看見那張背對著門擺放、令他厭惡的扶手椅。上次就是憑著這張扶手椅，勞爾把他騙得團團轉。

「停！」葛傑瑞探長一聲令下，吩咐後面跟來的兩名部屬。

只見他抓緊手槍，慢慢地、小心翼翼地接近扶手椅。只要椅子那邊稍有動靜，他就會立刻開

槍。兩名探員驚異地看著上司的奇怪舉動，而當大探長發現自己出了糗時，仍一本正經自以爲是地對他們說：「就是因爲我們事事小心，才不會出事。」

這下可以放心了，他才接著去看那個倒在沙發上的垂死之人，親自上前檢查一番後，他說：「還有心跳，可是很微弱，趕快叫醫生……隔壁棟就有一位。」

葛傑瑞吩咐完畢後，親自拿起電話撥通警察總局，向局裡報告發生了命案，被害人大塊頭保羅正奄奄一息，請求局裡指示；另外，他也補充說明傷者似乎經不起搬運，無論如何來一輛救護車是必要的。同時，他也通知了轄區警局局長，並開始對看門女人問話。從這個女人的回答、描述的特徵，葛傑瑞確定犯案凶手不是別人，正是金髮克蕊拉和她的情人勞爾。

葛傑瑞簡直快氣炸了，當醫生趕到時，他已然語無倫次，幾乎說不出話來：「太遲了，他快死了，不過還是要試試，一定要讓大塊頭保羅活下來，這對警方，還有我本人來說非常重要……對您也是一樣，醫生。」

此時又發生了一件事，更令他感到心亂如麻。只見他的得力助手佛拉蒙氣喘吁吁地跑上樓來：

「克蕊拉！我抓到她了……」

「嗯？你說什麼？」

「金髮克蕊拉！我逮住她了。」

「見鬼……」

「她在河岸上晃悠悠，不知道在幹什麼，我就逮住她了。」

「現在人呢？」

「我把她關在看門女人那裡……」

葛傑瑞三步併兩步衝下樓梯，扯住年輕女孩，將她拖往夾層公寓，然後惡狠狠地把她推倒在長沙發前——只見，大塊頭保羅奄奄一息，嚥不了氣又救不活。

「瞧瞧，小蕩婦，都是妳幹的好事……」

克蕊拉驚恐地往後退，葛傑瑞立刻按住她，克蕊拉跪倒在地，葛傑瑞吩咐部屬：「搜她的身！她一定會隨身帶著凶刀……啊，這回可讓我逮到妳了，還有妳的同夥，那美男子勞爾……啊，妳以爲可以隨隨便便殺人嗎，妳以爲我們警方都是吃閒飯的？」

葛傑瑞發現沒搜到刀子，更加惱怒。可憐的女孩嚇壞了，拚命掙扎，想要掙脫。最後她精神崩潰，暈了過去。葛傑瑞滿肚子的怨恨和怒火難消，仍不肯罷休。他將她抱起來，對佛拉蒙說：「你留在這兒，佛拉蒙。救護車應該在樓下了，我得先借用一下，十分鐘後就把車送回來給你。啊，您到了，分局長。」他對剛來的這位說，「我是葛傑瑞探長，這裡發生的事，我這位同事會告訴您的。務必想盡一切辦法緝拿勞爾歸案，他是本案的共犯和教唆犯。這會兒，我得先把殺人凶手送回警察總局去。」

葛傑瑞猜測得不錯，救護車果然停在樓下。此時，一輛計程車又下來三個探員。他吩咐他們上

樓去找佛拉蒙，自己則把克蕊拉送上救護車，讓她躺在墊子上，吩咐司機把車開到警察總局。到達警局，克蕊拉仍一直昏迷不醒，她被扔進一個小房間，裡面除了兩把椅子和一張行軍床，什麼都沒有。

這天晚上，葛傑瑞足足等了兩個鐘頭，才等到可以對克蕊拉進行審訊的通知。這一刻他盼了好久，還沒開始，他內心就有股抑制不住的喜悅。葛傑瑞簡單地吃過晚餐，準備開審。可是卻在看護克蕊拉的護士那裡碰了釘子，護士說年輕女孩現在的狀況還不適合接受審訊。

無奈之下，他只好又回到伏爾泰河堤，卻未瞭解到什麼新情況。尚・埃爾勒蒙侯爵正在外地旅行，後天上午才會回到巴黎，聯繫方式不詳。

直到晚上九點，他終於被允許接近克蕊拉那張病床了，不過滿腔的希望頓時又化爲泡影。克蕊拉拒不配合。他軟硬兼施，又是威逼又是利誘，無論要她還原命案經過或搬出成堆的罪名嚇唬她，最後甚至搬出勞爾，說馬上就要將他緝拿歸案，可是都不奏效，克蕊拉寧死也不開口，甚至也不哭，一臉木然，絲毫看不出她心裡在想些什麼。

次日一整天審訊下來，情形亦是如此，她仍舊一言不發。法院指定了一位預審法官，法官無奈之下只得將提審推遲一天。葛傑瑞前來通知克蕊拉這項消息，克蕊拉開口了，她說自己是無辜的，她根本不認識大塊頭保羅，命案與她無關，說自己在出庭之前就會獲得自由。

這是否意味著，她相信勞爾神通廣大，無所不能，一定會來救她？葛傑瑞十分擔心，下令加強戒備，特別派了兩名警衛守在看守間外。至於他本人則準備先回家吃晚餐，待晚上十點鐘再回到這裡，對克蕊拉進行最後一次施壓。到那時，她肯定已經精疲力竭，無力抵抗了——葛傑瑞是這麼認爲的。

於是他離開警察總局，回到位於聖安東尼郊區的家。他在一幢老舊的建築裡擁有一戶三房的公寓，家中布置頗溫馨雅致，讓人感到一定有個頗具情趣的女子在爲他操持這個家。的確，葛傑瑞探長結婚已整整十個年頭了。

但就算當初二人兩情相悅，但結婚後的生活仍不免有些波瀾衝突。葛傑瑞夫人優雅迷人，生得一頭紅髮。要不是她性格強勢，在兩人之中擁有絕對權威，葛傑瑞恐怕早就已經受不了她了，因爲——她雖是個能幹的家庭主婦，卻是個不甘寂寞、貪圖快活的女人，她喜歡和男人打情罵俏，而且似乎不大顧及丈夫的面子經常光顧附近的舞廳，卻不容丈夫規勸一句。再說，勸了也無濟於事，她總有辦法把話頂回來。

這天晚上，葛傑瑞匆匆回家，準備吃晚餐，卻發現妻子還沒回來。這種情況倒很少發生，偶有一次夫妻之間總免不了大吵一場。對於不守時這種事，葛傑瑞向來難以容忍。葛傑瑞站在門口，怒火直往上竄，咬牙切齒地罵了起來，把本來準備在晚上對克蕊拉發作的怒火，全都爆發出來。到了晚上九點，還不見老婆回來。葛傑瑞終於坐不住了，問家裡的僕人，得知妻子是穿了「參加舞會的裙子」出門。

「看來她又去跳舞了？」

「是的，在聖安東尼街。」

儘管他醋意大發，也只好耐著性子等下去。問題是，舞會在傍晚時就結束了，老婆爲什麼到現在還沒回來？葛傑瑞等到九點半，再也等不下去，他一心想著審訊的事，心裡急得要命，於是決定親自到聖安東尼街找人。他到的時候，下一場舞會還沒開始，大家都坐在桌子旁邊喝飲料。葛傑瑞找人來問，那人記起下午確實見過明豔照人的葛傑瑞夫人，他回憶地說她身邊有幾個男人陪著，就坐在那邊的桌子旁，臨出門前還喝了一杯雞尾酒。

「喏，就是和那位先生一起走的……」

葛傑瑞順著他的指示望過去，立即覺得腳下一陣發軟。那位先生的背影、體型他很熟悉，非常熟悉。

他打算呼叫警方——對於他這種習於虛張聲勢的人來說，這會兒腦子裡只想得到這個主意，不做其他考慮。做爲一名稱職的警探，在這種緊急關頭理當按照規定請求支援，才能順利逮捕歹徒與凶犯。可是他轉念一想，便放棄了這個念頭。沒辦法，他實在很想知道自己老婆的下落，於是懷著一肚子怒氣，卻又顯出一副被打怕了的氣短模樣，湊到那位先生的身旁坐了下來。

他竭力壓抑自己，這才沒去揪住對方的領子。他在等對方先發話，但勞爾根本不搭話，葛傑瑞終於忍不住地罵道：

「混蛋！」

「白癡！」

「你混蛋！」葛傑瑞又罵一句。

「你白癡！」勞爾回敬一句。

然後是一陣安靜。侍者走了過來，問他們要點什麼飲料。

「兩杯牛奶咖啡。」勞爾吩咐。

兩杯咖啡送上。勞爾端起杯子，友善地與鄰座的杯子碰了一下，然後一飲而盡。

葛傑瑞儘管竭力忍著，還是恨不得揪住勞爾的領子或拿槍比著對方的鼻子。當警察的最熟練就這兩招，可是此時他卻怎麼也動不了手。面對這可惡的勞爾，便開始感到自己的手腳好像不聽使喚……只要想起在莊園廢墟、里昂火車站大廳，還有藍色俱樂部後臺與這個傢伙的較量，就覺得十分洩氣，本來他就是瘋了也不敢主動對這個人採取攻勢，現在當然更沒膽量了。

「她晚餐吃得很豐盛，尤其吃了不少水果，她很喜歡吃水果。」勞爾則不改友善，一派平靜地開口。

「誰？」葛傑瑞問，以爲他指的是克蕊拉。

「誰？我不知道她的名字。」

「姓什麼？」

「葛傑瑞。」

「這麼說，果然是你，混蛋……我就知道是你幹的。可惡……是你挾持了佐塞特！」葛傑瑞一陣頭暈，斷斷續續地說。

「佐塞特……多美的名字，這是你對她的暱稱吧。佐塞特……和她簡直是太相配了，擁有這個名字的人一定是美人，葛傑瑞的佐塞特！佐塞特的小葛傑瑞！佐塞特，怪不得她神氣十足。」

「她人在哪兒？」葛傑瑞的眼睛都要鼓出來了，「你是怎麼挾持她的，混蛋？」

「我並沒有挾持她。」勞爾平靜地回答，「我請她喝了一杯雞尾酒，後來又喝了一杯。然後我們一起跳了一曲性感的探戈。她有點醉了，就同意坐我的車去凡森森林兜一圈……後來，她又答應去我一個朋友的公寓喝第三杯酒，那個地方棒極了，而且絕對安全，不會受任何人的打擾……」

「然後呢？……然後，你們做了什麼？」

「怎麼？我們什麼也沒做。你希望我們做什麼？老夥伴，對我來說，佐塞特是神聖不可侵犯的啊。這是我老友葛傑瑞的妻子，我怎麼敢碰！她可是葛傑瑞的佐塞特，我哪敢冒犯！」

葛傑瑞再次意識到，這傢伙想方設法就是要爲難自己。如果把他抓起來交給警局，那麼他自己也會成爲別人的笑柄。況且，就算把勞爾關進牢裡，他也不見得會交代佐塞特的下落。葛傑瑞側過身，注視著對方那張玩世不恭的臉孔：

「你想怎樣？你這麼做一定有企圖……」

「那當然！」

「什麼企圖？」

「你什麼時候去見克蕊拉？」

「過一會兒就去。」

「還要去逼問她？」

「對。」

「別問了。」

「爲什麼？」

「我完全瞭解你們的審訊逼供是怎麼進行的，簡直太野蠻了，你們無權這麼做。訊問是預審法官的事，所以我勸你最好放過她。」

「你只要求這一點？」

「不。」

「還有什麼？」

「報紙上說大塊頭保羅沒有危險了，是眞的嗎？」

「是眞的。」

「你希望救活他？」

「對。」

「克蕊拉知道嗎？」

「不知道。」

「她以爲他死了？」

「對。」

「你爲什麼瞞著她？」

「因爲這一點顯然是她的痛處。只要她相信他死了，我就有把握讓她開口。」葛傑瑞狡黠地轉了轉眼珠。

「混蛋！」勞爾低聲罵了一句，立刻命令道：「你回去見克蕊拉，不許審問她。再告訴她，大塊頭保羅沒死，醫生救活了他。別的話什麼都不要說。」

「然後呢？」

「然後你再來這裡見我，向我發誓，以你老婆的人頭發誓，說你已經按我的話照辦。這之後，再過一個鐘頭，你的佐塞特就會回家。」

「我要是不答應呢？」

「如果你不答應，我——就——去——找佐塞特……」勞爾字字強調地說著。

葛傑瑞聽出了他的意思，氣得緊握拳頭。接著他又想了想，一派嚴肅地說：「你提的要求恕難從命。我的職責是查明眞相，如果我饒了克蕊拉，那就是瀆職。」

「反正由你選擇，為難克蕊拉……還是為難佐塞特。」

「你無權這麼做！」

「我想怎麼做就怎麼做！」

「可是……」

「總之，你自己看著辦吧。」

「為什麼要我傳這句話給她？」葛傑瑞仍不讓步。

「我怕她想不開。你知道嗎，對她來說，殺人這個念頭……」這個問題，勞爾本不該回答，更不該聲音發顫地回答。

「這麼說，你是眞心愛她？」

「當然！要是失去她，我也……」勞爾立刻收了口。

「好吧！你在這兒等我，我二十分鐘後就回來，然後你……」葛傑瑞眼睛一亮地說道。

「就放了佐塞特。」

「你保證？」

「我保證。」

「侍者，兩杯牛奶咖啡多少錢？」葛傑瑞站起來招呼道。

付了錢，他便離開……

chapter 17 徒勞的焦慮

從得知克蕊拉被捕，到葛傑瑞在聖安東尼街區的舞廳與自己見面，整整一天的時間過去了，這一天對勞爾來說是那麼漫長而痛苦。

行動，必須趕快行動，可是朝哪個方向行動？他一直沒法壓下心中的怒火，但又不時陷入沮喪，這與平常的他一點也不像。他一直擔心……擔心克蕊拉想不開。

勞爾害怕大塊頭保羅的同夥，尤其是那個胖司機，會把他在奧圖區的住處洩漏給警方，於是便將自己的大本營搬到聖路易島一個朋友的家。這位朋友騰出一半的房間供他使用。那兒離警察總局不遠，勞爾透過他在警局的關係和同夥的打探，得知克蕊拉被關在裡頭。

可是他還能指望些什麼？劫獄！且不說這種事幾乎不可能成功，就是硬要幹，也需要很長的準備時間。不過近中午時，負責買報紙和摘出重點消息的庫爾維送來了《今日快訊》。這幾天，他一直表現得很積極，因爲勞爾責怪他掉以輕心，將敵人引到了奧圖區，他要將功折罪！報紙上登著這條最新消息——

與今早人們宣稱的消息截然相反，大塊頭保羅沒死！他的傷勢雖重，但情況已漸趨穩定，有機會從鬼門關死裡逃生……

勞爾立即大叫起來：「應該把這個消息告訴克蕊拉，讓她平靜下來。殺人一事肯定是她最大的心結，是造成她精神失常的原因。必要時，還得再編造一些好消息……」

勞爾認識警察總局裡的一名官員，知道可以請他幫忙。下午三點，勞爾與這個人祕密見了面。此人同意幫忙，請一名可以接近克蕊拉的女職員，將勞爾的紙條遞給克蕊拉。另外，勞爾也從他朋友那裡掌握葛傑瑞本人及一些家庭情況。

下午六點鐘，勞爾踏進聖安東尼街區的舞廳時，仍未收到警局的回信。他一進門，便根據所掌握的外貌特徵，認出了迷人的葛傑瑞夫人。他過去向她獻殷勤（當然並沒說出自己的名字），葛傑瑞夫人欣然接受了他的殷勤招待，一個鐘頭後，他把毫無戒心的佐塞特帶到聖路易島的朋友家關了起來。九點半，葛傑瑞被引入陷阱，在聖安東尼街區舞廳與他見了面。

至此為止，勞爾的計畫可說進展順利。但與葛傑瑞談完之後，他卻變得不那麼確定了。他一直掌控著局面，直到與葛傑瑞談判完畢，但之後的事就完全不受他控制了。勞爾本來可以把葛傑瑞掐在手掌心裡，卻又不得不放他離開，且不得不相信他，可是誰知道這傢伙會不會按照吩咐，乖乖把話帶給克蕊拉？僅憑他的保證，可以嗎？況且，他葛傑瑞剛才不是已經說了，他覺得自己受到了脅迫，如果照勞爾吩咐的辦，就是瀆職。

迫於情勢，葛傑瑞只好坐到他身邊，忍氣吞聲地與他討價還價，當時這傢伙心裡如何盤算勞爾自是一清二楚。可是一旦到了外面，又怎麼知道葛傑瑞會不會冷靜下來，再另外做考慮和行動？警探的職責本來就是緝捕罪犯，葛傑瑞當時沒法立即辦到，但誰敢擔保他不會利用這二十分鐘時間調集人馬來抓他羅蘋？

「顯而易見，」勞爾心想，「他肯定是去搬救兵了。好吧，混蛋，看我怎麼折磨你這一整夜。侍者，給我拿紙筆來。」侍者遞給他一張紙，勞爾唰唰唰地寫下一行字——

想來想去，我還是決定回去找佐塞特。

信封上寫好收信人的名字——「偵探　葛傑瑞」。勞爾把信交給侍者後，回到他停在百公尺距離外的汽車上，聚精會神監視著舞廳門口的動靜。勞爾猜得果然沒錯。約定的時間一到，葛傑瑞準時出現在門口，隨他而來的還有一票人馬。葛傑瑞立刻部署，包圍舞廳，自己則帶著佛拉蒙走了進去。

勞爾看清楚之後，立刻發動汽車離開那裡，打算結束一天的行動。他盤算：「這一整晚算是荒廢了，不過好歹爭取了一點時間。現在已經這麼晚了，他不可能再去折騰打擾克蕊拉了。」

他折了個彎，上了聖路易島。回去之後，聽朋友說佐塞特哭鬧了很久，但最後還是安靜下來，現在大概已經睡著了。而警察總局那邊也一直沒有消息，不知克蕊拉此刻是否已經收到他的消息。

「無論發生什麼情況，」勞爾對朋友說，「我們都要把佐塞特扣留到明天中午，哪怕只是爲了替葛傑瑞添點煩惱也好。明天中午一過，我就來接她。到時候要把汽車窗戶通通遮起來，別讓她看出自己身在何方。夜裡如果發生什麼得聯繫我的情況，就打電話到奧圖區給我。我回那兒休息，我需要好好想一想。」

勞爾回到奧圖區的住處。庫爾維和僕人都已回到車庫樓上睡下。現在，小樓裡只剩他一人。他窩在臥室的扶手椅裡，昏昏睡去。然而才剛睡了一個小時左右，就被噩夢給驚醒了。他在夢中又見到克蕊拉沿著塞納河躊躇漫步不已，並朝著那誘人的河水俯下身去……這個夢倒讓他的腦袋一下子清醒了。

他跺著腳站了起來，不安地在房裡踱來踱去。

「夠了、夠了，現在沒時間哀嘆氣餒，必得看清當前的形勢。現在我的處境到底如何？與葛傑

瑞談判顯然是白費力氣。看來我之前的行動的確有點太魯莽，沒做好準備。可是人一旦墜入愛河，愛得過了頭，就一定會衝動，難免做出傻事。不過沒關係，現在不能再想這些了，我應該靜下心，制定一個行動方案。」

儘管他這自說自話似乎顯得很理智，合乎情理，令人振奮，但卻壓根無法讓自己靜下心來。不過他知道，自己一定會想辦法救出克蕊拉的，他的情人總有一天會回到他身邊，而且也不會爲這場意外付出過重的代價。可是現在計畫將來又有何用？眼前的危險不解決，還談什麼將來？從現在到預審法官進行提審之間的分分秒秒，對克蕊拉來說就是生死存亡的分分秒秒。等到預審法官著手調查時，克蕊拉那時才可能獲知大塊頭保羅沒死的消息。可是，她能堅持到那一刻嗎？

這個可怕的念頭一直縈繞著勞爾的心頭，揮之不去。現在他所做的一切努力就是——必須把大塊頭保羅沒死的消息告訴克蕊拉，無論是透過自己在警局的人脈傳話或藉著威脅葛傑瑞達成都行。可是若不成，克蕊拉會不會一時胡思亂想失去了理智，用頭去撞牆走上絕路？即便要受牢獄之苦或面對司法審判、判刑，這些後果他相信克蕊拉都挺得住……可是，成了殺人犯的這個事實，她受得了嗎……

他記起大塊頭保羅搖搖晃晃倒下去的那一刻，克蕊拉害怕極了，嘴裡不住地喃喃自語：「我殺人了……我殺人了……你不會再愛我了。」

他猜想，當時那可憐女孩什麼也沒說就逃出屋子，肯定是一心想尋死。當時的她已無法駕馭自己，只能被瘋狂的念頭驅使，想了結自己。她認為自己犯了殺人罪，成了殺人凶手，即便被抓進監獄也不足以減輕她的罪惡。

就這樣，可怕的念頭折磨著勞爾一整夜不得安寧。夜色漸深，他也越來越焦慮難熬，越來越認爲克蕊拉一定會尋短見，甚至想到她已經走到那一步。他的腦海不斷浮現各種殘酷的自殺方式，每次彷彿都看到克蕊拉痛苦死去的畫面，一聲慘叫過後，另一種死法又浮現在他腦海；他就是無法抑制自己去想像，用想像的畫面來折磨自己。

然而到最後，當最簡單、再自然不過的事實呈現在你眼前時，當你靈光一現解決了所有謎團時，你一定會感到莫名其妙——原來事情不過如此而已，可是奇怪，爲什麼自己當初沒有察覺？到那個時候，你會想——是啊，事實眞相本來就和每天所發生、再平常不過的生活場景沒有兩樣。一開始，事情就是那麼顯而易見，完全符合邏輯，自己早該看清眞相。啊，從一開始，眞相就是那麼顯而易見。

然而此間，尤其是眞相大白即將來臨之前，你卻偏偏感到無比困惑，就像黎明到來之前的黑夜，眼前一片黑暗，伸手不見五指。那是因爲你的痛苦遮蔽了你的眼睛，讓你見不到半點希望之光。儘管勞爾一向習於迅速應變，並往水落石出的正確方向逐步站穩腳跟。但現在他所能做的，也只有不安地數著那無窮無盡、無以數計的分分秒秒。

兩點……兩點半……

勞爾打開窗戶，他看到樹梢隱約現出了一抹曙色。他稚氣地尋思，如果克蕊拉夜裡沒死，她自然更沒有勇氣在大白天走上絕路了。人，只在黑暗和靜寂中才有勇氣自我完結生命。

接著，附近教堂的大鐘敲響了三點。

他看了看錶，專注而無奈地盯著時針一圈圈轉動。

三點五分……三點十分……

突然，「叮鈴——」清脆的門鈴聲劃過寂靜，不禁嚇了勞爾一跳。

這種時候誰會來拜訪？是朋友，還是什麼送消息來的人？平時，遇到夜裡有人按門鈴，他總是先問清楚來人身分才按開門鈕。不過這一回，他在臥室裡就直接按了。

黑暗中，勞爾看不清是什麼人進了柵門，穿過花園。他隱約聽見有人上了樓梯，步履緩慢。他感到十分不安，甚至沒有勇氣走到門口去看，害怕太早聽見噩耗。這個突然的造訪，他料不出其中的吉凶，他想，多半又是一件壞事。

只見，勞爾臥房的門被一隻綿軟無力的手推開了。

進來的是克蕊拉……

chapter 18

微笑解答

勞爾的生活，也就是亞森・羅蘋的生活，一向充滿或悲或喜的意外和插曲，還有莫名其妙的衝突和不合邏輯的戲劇化情節。可是，這回金髮克蕊拉的突然現身還是令他大吃一驚。亞森・羅蘋後來自己也承認，他一生中從沒那麼驚愕過。

克蕊拉面容蒼白，神色憂傷，顯然已精疲力竭，兩眼因發著高燒而閃閃發亮，洋裝髒兮兮皺巴巴，領子也撕破了，她以這副模樣出現在勞爾眼前，簡直像是在做夢。說她活著，是的，但說她從此處境安全，不可能，絕對不可能！到手的獵物，警方絕不會無緣無故輕易放掉，尤其這又是個確鑿無疑的嫌犯，她可是在犯罪現場附近被抓獲的。況且，似乎從無女嫌犯從警局逃出的先例，再加上葛傑瑞又一直對克蕊拉嚴加看守。這到底是怎麼回事？

兩人就這麼四目相對，誰都不吭聲。勞爾更是大惑不解，心不在焉，全副心思都用來思索這不可思議的事。而克蕊拉則滿臉愧色，不知所措，怯生生地似乎在說：「你還要我嗎？你會讓我這個殺人犯留在你身邊嗎？……我能撲進你的懷抱嗎？還是……我該離開？」後來，克蕊拉一直不安地顫抖著，小聲地說：「我沒有勇氣自殺，我想死……好幾次我都想乾脆跳進塞納河算了。可……可是，我沒有勇氣……」

勞爾激動地打量著她，卻未做出任何反應，他幾乎沒聽進她的話，只是心裡不斷琢磨、琢磨……問題毫不掩飾、毫不客氣地自腦袋浮現：「此刻克蕊拉站在他面前，但此刻克蕊拉又被關在警局的一間牢房裡。」除了這兩句毫無邏輯的話，他再也想不出別的。他一直把思維關在這狹窄的圈圈裡，出不來。然而，像亞森・羅蘋這樣的冒險家怎麼可能永遠被蒙在鼓裡。如果說，這迄今未展露的眞相其實再簡單不過，那麼他想盡辦法也會弄清眞相。

曙光照亮了樹梢上方的天空，照進室內，與燈光融爲一體，照亮了克蕊拉的臉龐。她不住地呢喃道：「我沒有勇氣自殺，我本來該這麼做的，是不是？那樣你就會原諒我，可是我實在沒有勇氣……」

牢爾仍良久注視這張沮喪和苦惱的面龐，慢慢地，他的神情變得專注，臉色也更顯平靜，幾乎浮現出微笑……突然，「噗嗤」一聲他笑了出來，這可不是傷感時刻下再次見到情人時，表現出的那種短暫而含蓄的喜悅，他可是快樂得前仰後翻，好像永遠止不住大笑似的。此時，他哪裡顧得上什麼合不合時宜，竟然手舞足蹈起來，勞爾就是這麼個天眞戇直的個性。他一邊大笑，一邊解釋道：「我之所以笑，是因為命運竟然讓你處在這樣的境地，眞是沒辦法不笑。」

而現在的克蕊拉卻像被判死刑的犯人，沮喪到了極點，似乎對他這莫名奇妙的放聲大笑感到錯愕不已。勞爾大步走過去，抱起她，像時裝模特兒般轉了好幾圈，又把她摟在胸口，深情地親吻她，最後把她放在床上，讓她躺下，說：「好了，孩子，哭吧。等妳哭夠了，覺得沒理由自殺了，我們再聊吧。」

「你是說，你原諒我了？你寬恕我了？」克蕊拉卻直起身，扳著他的肩膀問。

「妳又沒做錯事，為什麼需要我原諒、寬恕妳。」

「有。我殺了人。」

「沒有。妳沒有殺人。」

「你說什麼？」她問。

「除非有人死了，才算殺了人。」

「有人死了。」

「沒有。」

「啊，勞爾，你在說些什麼，難道我沒刺中瓦爾泰克斯嗎？」

「妳刺中了。可是那傢伙命大，妳沒有讀報紙嗎？」

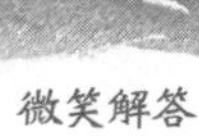

「沒有。我不想讀……我怕在上面見到我的名字。」

「報上當然會提到妳的名字，可是這並不代表瓦爾泰克斯死了。」

「怎麼可能？」

「昨天晚上，我們的葛傑瑞朋友告訴我，瓦爾泰克斯活下來了。」

克蕊拉一聽，一下鬆開了勞爾的肩膀，眼淚奪眶而出，終於痛快地哭了出來。對此，他早有所料。克蕊拉的苦悶絕望終於可以宣洩出來了。她躺回床上，像孩子般抽泣著，嗚咽著，喃喃怨訴著。勞爾任她去哭，自己則專心思考問題，竟漸漸解開了錯綜複雜的謎團，腦子也突然豁亮起來。不過，還有許多細節得弄清楚。

他在房裡來回踱步，走了很久。腦海中又再次浮現第一次見到這外省女孩時的光景。那次她找錯了樓層，誤打誤撞闖進他的家門。那時的她一張清純稚嫩的臉蛋多麼惹人憐愛。她那表情，那微微半張的嘴型是多麼天眞。那個清秀的外省女孩，與眼前這個在殘酷命運打擊下掙扎求生的女孩眞是判若兩人，兩者的形象不但沒有疊合在一起，反而截然不同地分開。就連兩種微笑也被區分開來。一個是外省女孩的微笑，一個是金髮克蕊拉的微笑。可憐的克蕊拉，可是這樣的她反倒更吸引人，更讓人欲罷不能，但她實在與那稚嫩天眞的氣息相去甚遠！

「妳不會太累吧？能回答我幾個問題嗎？」勞爾在床邊坐下，深情地撫摸她的額頭。

「我不累。」

「好吧，第一個問題，只要知道問題的答案，其他的一切就迎刃而解了。所以，妳應該猜得到我剛才爲什麼笑了，是不是？」

「是。」

「那好，克蕊拉，既然妳已經知道了，又何必再繼續隱瞞實情不告訴我呢？何必要那麼多花招，繞那麼多彎，讓我犯錯呢？」

「因爲我愛你。」

「因爲妳愛我。」他重複著，好似想琢磨出這肯定句所隱含的意思。他察覺到她十分痛苦，爲了讓她開心，便開玩笑地說，「親愛的小女孩，這一切眞是太複雜了。要是誰聽妳說話，準會以爲妳有點……有點……」

「有點不正常？」克蕊拉接話道，「你知道我不瘋，我說的一切都是眞的。你是知道我的……」

「親愛的，說吧。等妳從頭到尾把故事說出來，妳就會發現，妳信不過我這有多麼不對。我們眼下之所以陷入困境和受到威脅，都是因爲妳不肯說出實情來。」勞爾聳了聳肩，語氣既親切又帶著些許命令味道。

克蕊拉服從了，抓起被單，擦去臉上流淌的淚水，低聲說了起來：「我不會再撒謊了，勞爾。我要如實把我的事、我的童年都說給你聽，這是一個悲慘小女孩的童年。我的母親名叫阿芒德·莫蘭，她很愛我，只是爲了生活，她沒法盡心照料我。我們在巴黎租了一間公寓，每天總是人來人往的，每天都會有一個先生訂了……帶了很多禮物來，有吃的、有香檳……這些人有的對我很好，有的不怎麼喜歡我。我呢，要嘛留在客廳，要嘛待在廚房和僕人在一起。後來我們搬了幾次家，每搬一次房子就小一些，直到最後我和媽媽只能擠在一間臥室裡。」克蕊拉停頓了一下，接著更加低聲地說下去：「後來，我可憐的媽媽病倒了，一下子老了許多。我照料她，操持家務……沒辦法再上學了，我就自己讀課本。她看著我忙進忙出，感到很不捨、很悲傷。有一天，她已經接近神智不清的狀態，對我說了底下這番話。這些話，我一字一句也沒忘，她說——

克蕊拉，我該把妳的身世告訴妳了，還有妳父親的姓名……我那時很年輕，住在巴黎，生活過得非常正經，在一個大户人家擔任裁縫。在那裡我認識了一個男人，愛上了他，被他引誘失了身。我非常痛苦，因爲他同時還有別的情婦……後來，在妳出生前幾個月，他離開了我。以後的一、兩年間，他還陸續寄錢給我，可是後來他就出遠門旅遊去了……我從沒試圖找過他，他也再沒聽人說起過我。他是個侯爵，十分富有，我會告訴妳，他叫什麼名字……

「那天，我可憐的媽媽像說夢話似的，說了很多很多，還告訴我有關父親的一些事——

在我之前，他還有一個情婦，是一個在外省當家庭教師的女孩。我曾偶然聽說，他得知那個女孩懷孕後就甩了人家。幾年前有一次，我出門徒步旅行，要從杜德維爾到利索去，在路上碰到一個小女孩，大約十二歲，這孩子長得跟妳像極了。我打聽她的情況，得知她名叫安東妮，安東妮・高提耶……

「關於我的過去，母親就說了這麼多，還沒來得及把我父親的名字告訴我，她就死了。我那時十七歲，在她留下的文件裡，我只找到了一份資料，一張路易十六式大書桌的相片。她在上面標注了一個暗格抽屜的位置，以及打開暗屜的方法。那時我對這張相片並不很在意，正如我告訴你的，我得工作養活自己。後來，我就進了跳舞這一行……一年半以前，我認識了瓦爾泰克斯。」說到這兒，克蕊拉停頓片刻，她似已精疲力盡，可是仍想繼續說下去，「瓦爾泰克斯平時不太愛說話，他從不告訴我他的事。有一天，他要我在伏爾泰河堤等他，後來他就跟我提到尚・埃爾勒蒙侯爵。他說他與侯爵經常來往，那時他剛從侯爵家裡出來，十分讚賞地談起人家家裡的古董家具，尤其對一張精美的路易十六式書桌讚不絕口。侯爵……書桌……我旁敲側擊問了這張書桌的樣式，心裡的揣測便逐漸清楚了起來，我覺得他所說的桌子就是母親相片上的那張書桌，侯爵很可能就是我母親愛過的那個男人。後來，我千方百計打聽來的消息，都證實了我的揣測。

「我其實沒有任何計畫，不過是出於好奇，想知道究竟怎麼回事罷了。後來有一天，瓦爾泰克斯帶著曖昧的微笑對我說：『妳看，這把鑰匙就是尚・埃爾勒蒙侯爵河堤寓所的鑰匙，他插在鎖眼裡忘了拔下來，我得拿去還他……』我一聽，便瞞著他，把鑰匙藏了起來。一個月後，瓦爾泰克斯被警方包圍，我逃了出來，在巴黎找個地方躲起來。」

「妳爲什麼不立刻去見尚・埃爾勒蒙侯爵呢？」勞爾問。

「如果我當時十分確定他就是我父親，我會去向他求救的。可是要想弄清這一點，我必須先進到他的房間，檢查那張書桌，抽出裡面的暗格翻一翻。那一陣子我經常去河堤一帶轉悠，也經常看見侯爵出門，卻不敢上前和他搭話。後來，我漸漸掌握了他的生活作息，還熟悉了庫爾維和你勞爾，以及所有僕人的面孔……那把鑰匙時時都裝在我的口袋裡，但我卻遲遲下不了決心，因爲我做不出那樣的事。最後，一天下午，我鼓足勇氣來到河堤六十三號，那天夜裡我們就在侯爵家遭遇了……」說著，克蕊拉停頓下來，喘了口氣，又繼續講述，此時正是整個謎團最不可理解之處。

「那天下午四點半，我喬裝打扮，守在河堤那棟樓對面的人行道上，用圍巾把頭髮包了起來。我看見瓦爾泰克斯從侯爵家離開。於是，我走近那幢房子。這時，一輛計程車開到街邊停下。一名少婦模樣、手裡提一只箱子的女人從車上下來——但她似乎也像個小姐。她和我一樣也是一頭金髮，外貌與我有點相像，一樣的臉型、一樣的髮式、一樣的表情，眞的很像，就像同一個家族的兩個後代。我當時吃驚極了，等情緒穩定下來，立刻想起母親生前去利索的路上曾遇見的那個女孩。我見到的難道就是那個女孩？這個女孩跟我長得好像，像我的孿生姐妹，或同父異母的姐妹，她來找尙・埃爾勒蒙侯爵，不就證明尙・埃爾勒蒙侯爵也是我的父親？到了晚上，我得知尙・埃爾勒蒙侯爵出門去還沒回來，便打定主意上樓，進到他的公寓。一進去，我就認出那張路易十六式的書桌，我打開裡面的暗格，果眞找到了我媽媽的相片。於是我就不再懷疑了。」

「就算是這樣吧，可是妳怎麼會想到要冒用安東妮這個名字？」勞爾忍不住插話問道。

「因為你。」

「我？」

「對……後來，你也進了書房，還叫我安東妮……我從你口中得知安東妮已經見過你了。你以爲見到的人是她，你誤把我當成她了。」

「可是，克蕊拉，妳爲什麼不指出我認錯人？問題就在這裡。」

「是的，問題就在這裡。」她說，「但你想想，我三更半夜潛入別人家裡，你當場抓住了我。我只好利用你的錯認，讓你以爲這件事是另一個女人所爲，這不是很自然嗎？我當時並沒想到日後還會再見到你。」

「可是妳後來又見到了我，那時妳也可以告訴我實情啊，爲什麼仍然沒說妳們是兩個人，一個是克蕊拉，一個是安東妮？」

克蕊拉一下子臉紅了。

「說實話，我後來再見到你時，也就是在藍色俱樂部開幕的那天晚上。你救了我的命，讓我逃

離瓦爾泰克斯的毒手和警方的追捕，我愛上了你……」

「可是這也不該妨礙妳說出事實啊。」

「我不能。」

「爲什麼？」

「因爲我嫉妒。」

「嫉妒？」

「對，從我愛上你那一刻，就同時感到嫉妒。因爲我覺得你愛的是她而不是我，所以我嫉妒她。儘管我做了種種努力，可是妳想著我的時候，其實想的仍然是她。那個外省女孩……你說，你迷上的是一種幻覺。你想從我的舉止神態、從我的眼神找到她的影子。你愛的，並不是我這個有點粗野、熱烈多情、性情反覆無常的女人。你愛的是另一個清純天眞的女孩，那我就讓你把兩個女人搞混，一個是你渴望的，另一個是你一見到就喜歡上的。勞爾，相信你還記得，那天晚上在沃爾尼克莊園，你進了安東妮的房間，卻不敢靠近她的床鋪，這表示你本能地尊重那個外省女孩。但過了兩天，在藍色俱樂部開幕那天晚上，你卻本能地擁我入懷。不過，對你來說，安東妮和克蕊拉自然是同一個女人。」

「我居然把妳們當成同一個人，這眞是太離奇了！」他沒反駁她的話，只是若有所思地說。

「離奇？一點也不離奇！」她說，「其實，你在夾層公寓裡只見過安東妮一面。那天晚上，在另一個截然不同的狀況下，你見到的是我！後來，你只不過在沃爾尼克莊園又碰到她一次，可是你並沒仔細地看。你和她的來往僅限於此，所以怎麼可能分得清她和我呢？因爲你仔細看過的只有我。我擔心極了，於是仔仔細細問了你和她會面的情形，以便日後說起那些事情來，就好像我自己也親身經歷過那樣——她說過的每句話，我都記得；做過的每件事，我也都記得。後來我在衣著上也費了不少心思，我讓自己看起來就和她初到巴黎那天一樣！」

「是啊……她的衣著十分簡樸。」勞爾慢吞吞地說。他思索片刻，將整件事從頭到尾回顧了一遍，又補充道：「嗯，誰都可能誤把妳們當做同一人的……那天，葛傑瑞在火車站也把安東妮當成妳了。就在前天，他逮捕了安東妮，還以爲那是妳。」

「你說什麼，安東妮被逮捕了？」克蕊拉打了個哆嗦。

「這麼說來，你不知道？」他說，「的確，從前天到現在發生的事你應該都不知道。這麼說吧，那天我們逃出去半個鐘頭以後，安東妮到達河堤，大概是要去侯爵家。佛拉蒙看見她，便把她交給葛傑瑞。葛傑瑞把她帶到警局裡訊問，他把她安東妮當成了妳克蕊拉。」

「她被逮捕了？她被當做是我讓警方抓走了？是她替我進了監獄？」克蕊拉下了床，跪在地上。臉上僅有的一點血色又消失了，面色如土，渾身發抖，口齒含糊不清地問著。

「可是，」他快樂地說，「妳也替她生了病啊！」

克蕊拉匆匆站起，急忙整整衣服，戴上帽子。

「妳要幹什麼？」勞爾問，「妳要去哪兒？」

「那兒。」

「哪兒？」

「因爲她在那兒。殺人的不是她，是我……金髮克蕊拉是我，不是她。我怎能讓她替我受過，代我受審。」

「替妳服刑？替妳上斷頭臺？」勞爾又歡樂了起來，笑嘻嘻地逼她取下帽子，脫了外衣，說道：「妳還眞有意思！妳以爲他們會一直關著她嗎？她會爲自己辯護的，會清楚說明這是場誤會，會拿出她不在場的證據，她會搬出侯爵來……葛傑瑞再蠢，也得睜開眼睛看個清楚。」

「可是……我得去。」她固執地說。

「好吧，我們一起去，我陪妳去。再說，不管怎麼樣，這舉動也夠瀟灑的——『葛傑瑞先生，刺傷大塊頭保羅的是我們，和監獄裡面的女孩無關。』妳想，葛傑瑞會怎麼回答呢？——『監獄裡的那個女孩？我們把她給放了，誤會一場。不過我親愛的朋友，既然你們來了，那就請進吧。』」

克蕊拉被他說服了。他又讓她躺下去，抱在胸口輕輕地搖著。她已精疲力盡，很快便昏睡過去。不過在睡著之前，她仍努力思考了一番，說：「她爲什麼不替自己辯護？爲什麼不立即說明情況？這裡面一定有些什麼原因……」

勞爾看克蕊拉睡著了，自己也昏昏沉沉進入夢鄉。等他一覺醒來，外面的街道已然熙熙攘攘，一派熱鬧景象。他心想：「對呀，這個安東妮，她爲什麼不替自己辯護？她要把事情說清楚，應該很容易啊。想必她現在已經明白了，有一個與她長得十分相像的女人，也就是還有另外一個安東妮，而我就是這另一個安東妮的同夥和情人。可是她卻未說出這一切，並未嚴正向警方抗議，這又是爲什麼？」

他想著那個無邪清秀、惹人憐愛的外省女孩……

八點鐘，勞爾打電話給聖路易島的朋友。那人告訴他：「警局裡的熟人來了，說今早與牢裡的女孩聯繫上了。」

「很好，那你就用我的筆跡寫張字條讓他帶走——

小姐，感謝您保持沉默。葛傑瑞大概告訴您——我被捕了、大塊頭保羅已經死了……這些全是謊言。我們一切都好。現在，您應該開口說話，爲自己辯解了。請求您別忘記我們七月三日的約會。

亞森・羅蘋敬上

「你記住了嗎？」說完，勞爾又追問了一句。

「記住了。」他的朋友回答得很肯定，只是不免感到有些驚訝。

「把所有的夥伴都打發走，事情結束了。我與克蕊拉要出門旅行，你把佐塞特送回家，再見。」

說完，勞爾掛上電話，把庫爾維找來：

「備好汽車，收拾行李，轉移所有文件資料。情況緊急。等克蕊拉一醒，我們就撤。」

chapter 19

她是誰

葛傑瑞夫婦一見面就是一頓大吵。佐塞特很樂於找到一個機會，激起丈夫的嫉妒心，況且這回的對象還是個傳說中的傳奇人物。於是，葛傑瑞夫人添油加醋，殘忍捏造出許多細節，把勞爾描繪成一個高尚的紳士，說他殷勤、舉止高雅、談吐風趣、風度翩翩。

「什麼，一個迷人的王子！」大探長先生咬牙切齒地說。

「比王子還可愛。」葛傑瑞夫人狡黠地回他一句。

「我可要再次提醒妳，妳那個可愛的王子不是別人，他可是勞爾，是殺害大塊頭保羅的凶手，是金髮克蕊拉的幫凶。是啊，妳昨天是和一個殺人凶手過的夜！」

「殺人凶手？你跟我說這些眞是太可笑了，我還眞榮幸。」

「不要臉！」

「這能怪我嗎？我是被他劫走的！」

「妳自己願意，才會被人家劫走。妳爲什麼要跟他上車？爲什麼要去他家裡？爲什麼喝他的雞尾酒？」

「我什麼也不知道，他就是有一股威嚴，可以迫使別人服從他的意志，不可抗拒。」佐塞特辯解地說。

「瞧，瞧，妳這不是承認了，沒有抗拒……妳說實話了吧。」

「他沒向我提出任何過分要求。」

「是呀，當然，他只要吻一吻妳的手就可……可以了。喂，我向上帝發誓，看克蕊拉怎麼代替他補償我，我不可能對那個女人心軟，絕不客氣。」

葛傑瑞怒氣沖沖地走了，還一直在大街上比手畫腳，氣勢洶洶。都是那惡魔般的傢伙讓他失去了冷靜——他認爲自己妻子的名節嚴重受到侵犯，而且這段罪惡私情一定會繼續發展下去。佐塞特聲稱沒認出那傢伙的住處，這難道不是最有力的證據嗎？一條路，一去一回跑了兩趟，怎麼可能沒記住一點特徵？

他的助手佛拉蒙在警察總局門口等他，說法院準備等葛傑瑞提出進一步資料才要開審。

「好極了！」他大聲說，「這命令很明確，不是嗎？佛拉蒙，我們再去逼問那個黃毛丫頭，一定得讓她開口，否則……」

可是，葛傑瑞一進到看守室，鬥志便立刻消失得一乾二淨。接下來的一幕完全出乎他意料——對手一改常態，這回居然變得笑容可掬，既熱情友善，又活潑詼諧，事事溫順馴服。大探長不由得心想，從前天起，這個女孩是不是就一直在演戲，假裝呈現虛脫昏迷。如今，她坐在一把椅子上，洋裝穿得整整齊齊，頭髮梳得一絲不亂，熱情地迎了上來：「葛傑瑞先生，有什麼需要我爲您效勞的嗎？」

如果這個女孩仍不作答，葛傑瑞一定會火冒三丈，忍不住破口大罵，並施以威脅，可是現在對手不僅出了聲，而且說的話也讓他大感意外。

「探長先生，您想問什麼都可以，我全聽您的吩咐。既然我再過幾個鐘頭就要離開，我也不想一直爲難您。首先……」

葛傑瑞冒出一個可怕的想法。他仔細打量了年輕女孩，壓低聲音，一本正經地問：「妳跟勞爾通消息了，妳知道他沒有被捕，妳知道大塊頭保羅沒死？……勞爾答應救妳了？」葛傑瑞十分驚慌，甚至可以說，他這是在問反話。

「也許是吧，但這並非不可能，那個人……是如此神通廣大！」年輕女孩並未否認，她快活地說著。

「不管他有多神，當初都沒辦法阻止我逮住克蕊拉，現在他也休想搭救妳這個嫌犯出獄。」葛

傑瑞頓時火冒三丈地說。

「……嗯，探長先生，請不要用『妳』來稱呼我，也不要趁我落在你們警方的掌握之中，就對我威逼恐嚇。我們之間有場誤會，不能再這麼繼續下去。我不是您稱之為克蕊拉的人，我的名字叫安東妮。」年輕女孩思索了一會兒才回答，只見她嚴肅地望著葛傑瑞，緩緩地述說。

「安東妮和克蕊拉是同一個人。」

「探長先生，對您來說是同一個人，但事實上並不是。」

「那麼，難道克蕊拉不存在？」

「她存在，但她不是我。」

葛傑瑞不懂她的意思。

「這想必又是您為自己辯護的新伎倆！我可憐的小姐，這沒有用。要知道，事情總得說得通才行。您是不是那個我從聖拉薩火車站一直跟蹤到伏爾泰河堤的人？」大探長噗嗤一笑，得意地說。

「是我。」

「我在勞爾先生夾層公寓見到的，是不是您？」

「是我。」

「我在沃爾尼克莊園撞見的，是不是您？」

「是我。」

「那麼，此刻在我面前的，是不是您？」

「是我。」

「那您的意思是？」

「我的意思是，在您面前的不是克蕊拉，因爲我不是克蕊拉。」

「我眞不明白……我還眞不明白！」葛傑瑞表示失望，兩手抱住自己的頭，這個誇張的動作，讓他活像個滑稽喜劇演員。

「探長先生，您之所以不明白，是因爲您不願實事求是地看待問題。自從我被關進這裡以來，我想了很多，所以我一直不開口，但現在我終於明白了。」安東妮笑著說道。

「妳爲什麼不開口？」

「有個人，曾經從您無端迫害我的舉動底下，救了我三次。第一天兩次，在沃爾尼克莊園是第三次。所以，我當然不願阻礙他的行動。」

「還有第四次，在藍色俱樂部，對不對，小姐？」

「哦！這件事啊，」她笑著說，「他救的是克蕊拉。同樣地，拿刀子刺傷大塊頭保羅的也是她。」

葛傑瑞的眼裡閃過一道亮光，但瞬即消失。他還是沒弄清楚事實眞相。再說，這年輕女孩也十分狡黠，並未清楚明白說出事情的來龍去脈。這會兒，只見她更加一本正經地說道：「探長先生，

我們來做個結論吧。我來到巴黎之後，一直住在克裏希大道盡頭的雙鴿旅社，當大塊頭保羅被刺時，也就是說那天傍晚六點鐘，我還在與旅社老闆娘聊天，然後才去搭地鐵。我要請這位老闆娘替我作證，我也要請尙・埃爾勒蒙侯爵出面作證。」

「侯爵不在巴黎。」

「他今天就回巴黎。那天，凶案發生後半個鐘頭，你們抓住了我。其實當時我正準備到河堤寓所，將侯爵返國的日子告訴僕人們。」

葛傑瑞感到有些尷尬，一聲不吭地進了局長辦公室，向上級報告情況。

「葛傑瑞，打電話給雙鴿旅社老闆。」局長命令道，然後和葛傑瑞各拿一個話筒。

「雙鴿旅社嗎？這裡是警察總局。太太，請問房客之中，有沒有一個名叫安東妮・高提耶的小姐。」葛傑瑞問。

「有啊，先生。」

「她是什麼時候住進來的？」

「請稍等，我查查登記簿……是六月四日星期五。」

「就是那天。」葛傑瑞對局長說。

「她離開過嗎？」接著他又問。

「離開了五天，六月十日回來的。」

「就是藍色俱樂部開幕那天……太太，她回來那天，晚上又出去過嗎？」葛傑瑞囁嚅地問道。

「沒有，先生。安東妮小姐住進來之後，晚上從不出門。除了幾次在晚餐之前出去，其餘時間都在我的屋裡刺繡。」

「那她現在在旅社裡嗎？」

「不在，先生。前天六點一刻，她離開我去搭地下鐵，晚上沒回來，也沒告訴我一聲。我覺得很奇怪。」

葛傑瑞掛上電話，神態相當狼狽。

「葛傑瑞，您的逮捕行動恐怕過於魯莽了。趕快去那家旅館，把她住的房間搜一遍。我呢，把尚・埃爾勒蒙侯爵找來問一問。」沉默一會兒後，局長下達指示。

＊　＊　＊

葛傑瑞並未從安東妮的房裡搜出任何東西。這年輕女孩的輕便行李箱上，縫著她姓名的首字母——「A・G」。出生證明書上寫著安東妮・高提耶，父不詳，出生於利索。

「見鬼！見鬼！」葛傑瑞小聲地罵道。

這三個鐘頭裡，他的心情一直很混亂。他和佛拉蒙一起吃飯，卻食不下嚥。一句條理的話也說不出。佛拉蒙同情地替他打氣：

「瞧，老朋友，您話都說不清了。要是克蕊拉沒犯下這事，您也不會堅持查下去了！」

「這麼說，傻瓜，你認爲不是她幹的？」

「不，是她。」

「在藍色俱樂部跳舞的是她？」

「是她。」

「那這兩點你怎麼解釋呢：第一，藍色俱樂部開幕那晚，她沒在外面過夜；第二，有人刺傷大塊頭保羅時，她卻還在雙鴿旅社？」

「我無法解釋。我只進行調查。」

「調查什麼？」

「調查現在還解釋不了的事情。」

葛傑瑞和佛拉蒙兩人，誰都沒想到應該把安東妮和克蕊拉想成兩個人。

下午兩點半，尙・埃爾勒蒙侯爵來到警察總局，他被帶進了局長辦公室。當時局長正在跟葛傑瑞談話。尙・埃爾勒蒙侯爵前一晚從瑞士迪洛爾回來後，讀了法國報紙，才獲悉在他寓所發生的凶案，並得知警方逮捕了一名叫克蕊拉的女孩，還指控他的房客勞爾是共犯。

「我本以爲，有個叫安東妮・高提耶的小姐會到火車站接我。她是我近幾個星期以來新聘的祕書，我早就通知她火車的到站時刻。可是，據僕人告訴我的情況，我想是有人把她捲進報紙上說的這樁案子。」侯爵補充說明。

「的確，這位小姐目前是在我方的看管之下。」局長答道。

「什麼，您說她被逮捕了？」

「不是，她只是暫由我們看管而已。」

「這究竟是怎麼回事？」

「據負責追捕大塊頭保羅的葛傑瑞探長說，安東妮・高提耶就是金髮克蕊拉。」

「什麼！」侯爵大吃一驚，氣憤地大叫起來，「安東妮是金髮克蕊拉？眞是瘋了，你們開這種惡毒的玩笑是何居心？你們抓錯人了，我要求你們馬上把人給放了，並且賠禮道歉。這女孩是多麼單純啊，這種迫害不知讓她吃了多大的苦頭。」

局長望了望葛傑瑞。這傢伙毫不在乎，只在上司顯出不滿意的示意下，才站起來走近侯爵，漫不經心似地問道：

「先生，這麼說，您對凶案並不瞭解，是嗎？」

「不瞭解。」

「您不認識大塊頭保羅？」

「不認識。」尙・埃爾勒蒙認爲，葛傑瑞應該還未查明大塊頭保羅的身分，於是肯定地回答。

「您不認識金髮克蕊拉？」

「我認識安東妮，不認識金髮克蕊拉。」

「安東妮不是克蕊拉？」

侯爵聳聳肩，未作回答。

「侯爵先生，容我再問一句。您帶安東妮・高提耶去沃爾尼克莊園旅行時，一直都陪在她身邊吧？」

「是的。」

「這麼說，我在沃爾尼克莊園碰見安東妮・高提耶那天，您也在那裡？」

「我在那裡。」尙・埃爾勒蒙侯爵中了他問話的圈套，無法加以否認。

「你們那天都做了些什麼，可以告訴我嗎？」

「我是以莊園主人身分待在那裡的。」侯爵感到爲難，只得說明。

「什麼！」葛傑瑞叫了起來，「莊園主人？」

「當然。我買下那座莊園十五年了。」

「您買下了莊園？……可是卻沒人知道。您爲什麼要買它，爲什麼祕而不宣？」一時間，葛傑瑞還沒會過意來地說。

葛傑瑞請局長到一邊說話。他推著局長走到窗邊，輕聲說道：

「這些傢伙都是共犯，我們得好好查一查。那天，不僅那個金髮漂亮女子在沃爾尼克莊園，勞爾也在那裡。」

「勞爾！」

「是的，剛好被我撞上。所以，局長您看這尙・埃爾勒蒙侯爵、金髮女孩，還有勞爾……他們全是一夥的。不過，還有一個更重要的狀況。」

「什麼？」

「侯爵是沃爾尼克莊園以前一樁凶殺案的目擊者——女歌手伊莉莎白・奧爾南被謀殺，項鍊全被搶走。」

「啊！事情怎麼這麼複雜？」

「局長，還有更重要的情況。昨天，我找到大塊頭保羅最後待的住所。他的箱子還留在房裡。我從他的文件中發現極爲重要的東西。但得等到查出結果，我才好向您報告。不過，現在我已掌握到一些證據。首先，侯爵是伊莉莎白・奧爾南的情夫，可是當年問他時，他什麼也沒說，這是爲什麼？其次，大塊頭保羅的眞名叫瓦爾泰克斯，而瓦爾泰克斯就是伊莉莎白・奧爾南的姪兒。據我瞭解，瓦爾泰克斯經常到尙・埃爾勒蒙侯爵的家裡。您怎麼看待這些事？」葛傑瑞傾了傾身子，小聲地對局長說。

「既然案情有了變化，我想我們應該改變策略，不該和侯爵正面交鋒。現在先放了安東妮，然後我們再對這幾個案子仔細深入調查，尤其是侯爵在其中扮演的究竟是何種角色。您的意見呢，葛

傑瑞？」局長似乎對這些新情報很感興趣，於是如此回應著。

「我同意您的意見，局長。我們只有先讓出陣地，才可能抓到勞爾。再說……」

「再說……？」

「到時候，我還有別的事要向您報告。」

安東妮當天就被釋放了。葛傑瑞告訴尚・埃爾勒蒙侯爵，他再過五、六天就會登門拜訪，向他瞭解一些情況。接著，他便將侯爵領到安東妮的房間，那女孩一見到教父，便撲進了他的懷裡，又哭又笑的。

「蹩腳的演員！」葛傑瑞在心裡暗自罵道。

這天下午，葛傑瑞已完全恢復冷靜。隨著案子的新進展、局長對他的肯定，他感覺自己的頭腦逐漸清醒了，能夠用他一貫的清楚思維來推理了。不料過沒多久，所有這些進展和警方的努力瞬間又化成了灰燼。只見葛傑瑞行色匆匆地闖進局長辦公室，連門也沒敲，像發了狂似的。他揮舞著一本綠色小冊子，手指顫抖，努力指著其中幾頁，含糊不清地叫著：「查到了，眞是戲劇化的情節，誰能料到……這下眞相大白了……」

局長試圖讓他平靜下來，葛傑瑞勉強抑住內心的激動，說：「我曾跟您說過，可能還有別的事情要向您報告。您瞧，我在大塊頭保羅，嗯，確切地說是在瓦爾泰克斯的箱子找到這本冊子，上面記著一些無關緊要的東西，像是一些數字、幾個地址，有些地方則零散記了一些話，這些話雖然已經用橡皮擦擦去，但還是留下了痕跡，我認爲這些紀錄十分重要，於是昨天把它們交給檢驗處進一步辨讀。其中有一句極爲重要，您瞧這一句，檢驗處已經還原寫在底下了，只要稍加留意就可以看個清楚……」

局長接過小冊子，唸出那一句被還原的話——

勞爾的住址：奧圖區，摩洛哥林蔭大道二十七號。留意一個車庫，它是從後面開門。我覺得勞爾就是亞森・羅蘋。有待查證。

「局長，毫無疑問，這才是謎底，這是偵破案子的關鍵。只要抓住這一點，其餘一切都會迎刃而解、眞相大白。只有亞森・羅蘋才玩得出這種陰謀，也只有他才能讓我們不斷受挫，不把我們放在眼裡。勞爾——就是亞森・羅蘋。」葛傑瑞大聲地說。

「那我們現在該怎麼辦？」

「局長，我去一趟。跟這個傢伙打交道，可是一分鐘都不能耽擱。那女孩已經被釋放了，他應該已經得到消息，很可能正打算要逃走。我得親自跑一趟！」

「帶幾個人去吧。」

「我需要十個。」

「如果您想要，帶二十個也沒問題。」局長也興奮了起來。「葛傑瑞，要快……」

「是的，局長。」葛傑瑞一邊往外跑，嘴裡一邊嘟嘟噥噥，「進行突擊行動，還有增援，全面戒備！」

他拉住佛拉蒙，然後又拽了一路上碰到的四個警探，趕緊跳上停放在院子裡的一輛汽車。還有第二輛、第三輛汽車，也分別載滿警探跟在他們後面……

這次的突襲行動還眞是緊張。本應該讓所有教堂的鐘樓都敲響警鐘，讓所有戰鼓都擂動起來，讓所有軍號都吹響，讓所有號角和汽笛都發出進攻信號。在警察總局的每一條走廊、每一間辦公室，眾人無不在互相傳告：「勞爾就是亞森・羅蘋……亞森・羅蘋就是勞爾。」

當時是四點剛過幾分鐘。

加上塞車耗費的時間，從警察總局到摩洛哥林蔭大道，最快也得花十五分鐘……

chapter 20

是輸還是贏

四點整，克蕊拉躺在奧圖區寓所的臥房床上，還沒醒。快到中午時，她餓醒了，可是迷迷糊糊吃了一點東西，又昏昏睡去。

勞爾感到坐立不安。倒不是他為了什麼事煩心，而是他一旦作出決定，而且這些決定是理智而審慎的，他就想要立即付諸實行。他不喜歡拖拖拉拉。他心想，大塊頭保羅死裡逃生，必定會替他們目前的處境多添幾分危險，而侯爵的證辭和安東妮的澄清也會使局勢變得更加複雜。

一切都準備妥當，只等出發。他已經把僕人都打發走了。每次遇到危險，他總喜歡獨自應付。行李也已經裝上了車。

四點十分，他好像突然想起什麼：「見鬼！我總不能不跟奧爾佳道別就走吧。她對我已經產生了什麼想法呢？她看過報了嗎？也許她已經將我和心中的勞爾做了比較？唉，舊故事還是趁早了結得好……」說著，他抓起電話：「喂，是特羅卡代羅大飯店嗎？喂，請接王后的房間。」

勞爾性子太急了，犯了個大錯，沒問接電話的人是誰。他以為波羅斯蒂里國王已經不在巴黎，也沒聽清楚那是祕書或按摩師的聲音，還以為是王后本人接了電話。於是，他便用最溫柔纏綿的語氣，一口氣說道：「是妳嗎，奧爾佳？親愛的，近來身體可好？嗯，妳大概還在恨我，把我當成沒教養的人吧？可是請妳別恨我，奧爾佳。我可忙昏了頭，有好多事要操心……親愛的，我聽不清楚，別像個男人般粗聲大嗓地說話嘛！事情是這樣的，唉，我得立即出一趟遠門，臨時決定的，我要去瑞典沿岸考察。多麼不湊巧啊，這安排！妳為什麼不答話，不跟妳的小勞爾說說話呢？妳生氣了嗎？」

王后的小勞爾嚇了一跳，毫無疑問，話筒那頭傳來一個男人的聲音，是國王本人的聲音。他已經全聽進勞爾的話了，頓時大發雷霆，破口大罵，吐出的捲舌音比他妻子的還要難懂：「您是個混蛋，先生，我鄙視您這個小人！」

勞爾嚇出一身冷汗，那是波羅斯蒂里國王！可是他剛一轉身，發現克蕊拉已經醒了。剛才的通話，她想必一字不漏全聽進去了。

「你在跟誰通電話？」克蕊拉不安地問，「你口中的奧爾佳是誰？」

勞爾還在為剛才的事發愣，沒有立即回答——奧爾佳的丈夫對她的荒唐事一向不聞不問，他又不是不知道，只是多一件或少一件罷了。不必再想了。

「奧爾佳是誰？」他反應過來，回答克蕊拉，「一個老表姐，老是愛埋怨，每隔一陣子我就得安慰她一下，妳這不是聽到對話了嗎？……啊，妳準備好了嗎？」

「準備？」

「是啊，我們得出門。巴黎的空氣有害健康。」勞爾看出克蕊拉正在思考，於是堅持地說，「求求妳，克蕊拉。我們在這兒沒什麼可做的事了，再拖延下去會很危險。」

「你開始擔心了？」克蕊拉盯著勞爾說道。

「的確開始擔心了。」

「擔心什麼？」

「沒什麼特別值得擔心的，但又不由自主要擔心。」

她一聽，明白了形勢的嚴峻，便趕緊穿好衣服。庫爾維有花園柵門的鑰匙，他剛買了下午的報紙送來。勞爾拿起報紙掃了一眼。

「截至目前，一切都好。」他說，「大塊頭保羅的傷並不致命，一週之內還無法開口說話，阿拉伯人則一直保持沉默。」

「那安東妮呢？」克蕊拉問。

「獲釋了。」勞爾刻意冷冷地說。

「報上說的？」

「是的，侯爵的出面擔保果然有力，警方沒辦法，只好把她給放了。」他是那麼鎮定，克蕊拉也就信了。

庫爾維向兩人告辭。

「你確定沒留下什麼會引起麻煩的文件吧？」勞爾問，「沒落下什麼吧？」

「沒有，都處理好了，先生。」

「老夥伴，再仔細檢查一遍，然後就出發吧。別忘了，每天都要到我們在聖路易島的住處去看看。另外，你現在先別走，等我們上了車再離開。」

克蕊拉經不起勞爾的催促，匆匆收拾妥當。她戴好帽子，卻抓住勞爾的雙手。

「有什麼事？」他問。

「你能對我發誓嗎，那個奧爾佳……」

「怎麼！妳還在想她啊？」勞爾笑了起來。

「只是想一想……」

「我向妳保證，她是個老嬸嬸，有遺產可以給……」

「你剛才告訴我，說她是個老表姐。」

「她既是我嬸嬸，又是我表姐。她繼父娶的第三任太太，是我姨父的妹妹。」

「親愛的，別撒謊了。其實我不在乎這件事，我嫉妒的只有一個人。」克蕊拉一聽，被逗樂了，忙伸手堵住他的嘴。

「住嘴吧，別開玩笑……」她央求地說，「你很清楚，我指的是誰。」

「庫爾維？我向妳保證，我對他的友情絕對……」

他一把將她摟在懷裡。

「妳在嫉妒妳自己，妳在嫉妒自己的影子。」

「是啊，我的影子。只是這個影子的表情不同，她的眼睛那麼溫柔……」

「妳的眼睛才最溫柔。」勞爾動情地吻她，「充滿了溫情……」

「流了太多傷心淚的眼睛。」

「還沒有笑夠的眼睛。妳缺少的，就是歡笑。我會讓妳學會怎麼開心地笑。」

「那你知道，安東妮爲什麼不說出實情，幫忙拖延了兩天嗎？」

「不知道。」

「因爲她擔心如果出什麼事，形勢會對你不利。」

「她怎麼會有這種擔心？」

「因爲她愛你。」

「啊，妳眞好，告訴我這個消息。妳眞以爲她愛我？我有什麼辦法呢，我的魅力可是沒人抗拒得了呢！安東妮愛我，奧爾佳愛我，佐塞特愛我，庫爾維愛我，葛傑瑞愛我。」勞爾一聽此話，更加歡喜地手舞足蹈。

他抱起她，往樓梯口走去，可是忽然又停住：「電話！」

果然，離他不遠處，電話鈴聲響了。

勞爾拿起聽筒。是庫爾維，庫爾維氣喘吁吁，語無倫次地說：「葛傑瑞……帶了兩個人……我一出門，就遠遠看見他們……他們在撬開大門，我趕緊躲進一家咖啡館裡……」

勞爾掛上電話，驀地愣了三、四秒鐘，然後一把抱起克蕊拉，扛在肩上。

「葛傑瑞。」他簡短重複了一遍，揹著人衝下樓梯。

勞爾走到門廳入口，屏息聽了聽。外面的鵝卵石地面，響起了腳步聲。從毛玻璃和外面的百葉窗，他依稀看見了幾條人影。他趕緊放下克蕊拉，吩咐道：

「退到餐廳裡。」

「走車庫那邊？」她問。

「不。他們包圍了房子。不只三個人，如果是三個人我一拳就能打倒。」他甚至連門栓都不打算門上。他一步步往後退，臉朝著門外那些試圖撬開門的進攻者。

「我怕。」克蕊拉說。

「人一怕，就會幹傻事，想想妳刺的那一刀。但安東妮就不怕，關在牢裡也不開口。」勞爾調整語氣，稍見溫柔地說：「妳覺得害怕，我卻相反，覺得很好玩。妳以爲我好不容易找回妳，還會再讓妳落入那些莽撞沒頭腦的傢伙手裡嗎？克蕊拉，笑一個，妳現在是在看戲呢，一場滑稽的鬧劇。」

這會兒，大門一下子被撬開了。勞爾三步併兩步退到餐廳門口，將克蕊拉擋在背後，槍穩穩地舉在手裡，瞄準對手。

「舉起手來！」葛傑瑞倒先亂了陣勢，大聲喝道，「不然我就開槍了。」

「經歷了這麼多還是沒有長進，永遠只有這一套愚蠢的辦法。你以爲你會對我開槍，對我勞爾開槍！」勞爾離他大約五步遠，冷笑一聲道。

「我會朝你亞森・羅蘋開槍。」葛傑瑞得意地回答。

「是嘛，這麼說，你知道我的名字了？」

「這麼說，你是承認了？」

「這個貴族頭銜我向來不掩飾。」

「舉起你的手！快，不然我開槍了。」葛傑瑞又大喝一聲。

「你也準備對克蕊拉開槍？」

「要是她在這兒，也照開不誤。」

「傻瓜，她就在這兒。」勞爾一聽，立刻閃開。

葛傑瑞的眼睛睜得好大，舉槍的手臂落了下來。克蕊拉！自己剛剛還給尚・埃爾勒蒙侯爵的那個金髮丫頭！這怎麼可能？不，他立即認爲這是不可能的。假如這眞是克蕊拉，而這無疑就是克蕊拉，那就應該得出一個結論——她是另一個女人……

「算了吧！」勞爾打趣道，「你著急了，再耐心等一下。哎呀，可以了……是啊，你這笨蛋，有兩個……一個從她的村子來到巴黎，你把她當成了克蕊拉，另一個……」

「另一個是大塊頭保羅的情人。」

「你怎麼這麼無禮！」勞爾回擊道，「可愛的佐塞特怎麼會有你這樣的丈夫？」

「把這個傢伙給我抓起來。你要是敢動一下，我就打死你，混蛋！」葛傑瑞一聽，惱羞成怒，大聲呵斥道。

兩名部屬收到命令，立刻衝了上來。勞爾一下子跳開，朝兩個人的肚子各踢一腳，踢得他們連連後退。

「讓你們見識見識，」勞爾叫道，「什麼叫無敵法式腿擊。」

只聽一聲槍響，葛傑瑞對著天花板就是一槍，他想鎭住場面。

勞爾不禁哈哈大笑。「你這一槍把我牆上的裝飾都打壞了！眞是笨，也太蠢了，也不計畫好，就一頭衝進來。我猜事情一定是這樣的，有人告訴你，我住在這裡，你就像隻鬥牛看見紅布那樣興奮衝了過來。哎呀，我可憐的老朋友，你應該要再帶二十個小夥子。」

「我要一百有一百，要一千也帶得來。」葛傑瑞咆哮道，此時，外面的林蔭大道傳來停車的聲音，他便興奮地轉頭張望。

「太好了。」勞爾說，「我已經開始厭倦這小場面了。」

「好吧，壞蛋，你徹底完了！」

葛傑瑞想走出餐廳去迎接救兵。可是怪了，那扇門從他進來之後就關上，這會兒怎麼扭也扭不開。

「你就別白費力氣了，我的老夥伴，」勞爾勸他，「這門是自動上鎖的，實心門，和棺材板一樣厚呢。」接著，他轉身小聲地對克蕊拉說：「當心，我親愛的，看我的動作行事。」

餐廳的右側原本有一道隔牆，後來拆掉，將兩間房併成一間，現在只剩一段牆垛。只見勞爾「嗖」地跑到另一邊。

葛傑瑞明白，這下子時間都被他給耽誤了，大探長打算不惜一切也要挽回局面。他忙亂地大叫著，朝勞爾衝過來：「斃了他！他想逃！」

勞爾機靈地按了一個按鈕。在場警探剛要舉槍瞄準，一道鐵幕「嘩啦啦」從天花板降下，像一面牆，將房間隔成兩個部分。與此同時，窗戶的百葉窗也全都闔上。

「呀！」勞爾冷笑道，「斷頭臺！葛傑瑞的脖子要被斬了。再見啦，我親愛的葛傑瑞。」

說著，他從餐櫥上拿起水瓶，倒了兩杯水。

「喝吧，親愛的。」

「我們還是快走吧。」克蕊拉哀求道。

「先別走，克蕊拉。」勞爾堅持要克蕊拉喝水，自己也喝盡杯中的水，然後不慌不忙地說：「妳聽見另一邊的動靜了嗎？他們就像沙丁魚般，通通被裝在罐頭鐵盒裡。鐵幕落下後，所有的百葉窗也都全部自動關上，電源也切斷了。那邊是一團漆黑，外面的人又攻不進來，裡面的人卻像被困在監獄。妳瞧，我這機關多厲害！」

克蕊拉根本提不起興致。勞爾吻了吻她的唇，打算讓她振作起來。

「現在，」他說，「我們自由了，出去之後要好好休整一番。我們這等老實人，勤勤懇懇勞動了一陣之後，本來就該換得這些。」

說著，他走進一個小房間，那裡是配膳室。在配膳室和廚房之間，立著一個壁櫥。他打開櫥櫃的門，一道通往地下室的樓梯豁然露了出來。勞爾領著克蕊拉走下去。

「讓我來爲妳介紹一個脫逃辦法，僅供參考。」勞爾逗趣地以學術交流的口吻說道，「一棟設施齊備的房子應該有三個出口：一個正式的出口；一個隱蔽、但還是看得見的出口，這是用來應付警方的；第三個就是隱蔽、看不見的出口，這是撤退時用的。這樣一來，當葛傑瑞的手下監視車庫時，我們就可以從地下鑽出去。妳說，我安排得妙不妙？這棟小樓，是一個銀行家賣給我的。」

他們在地下走了三分鐘，接著又登上一組樓梯，最後來到一座門窗緊閉、沒有家具的小房間。

房間外面，是一條人聲鼎沸的街道。

街邊停著一輛大型轎車，由庫爾維看守。箱子、行李通通在車上。勞爾最後吩咐了庫爾維一些事，便發動了汽車。

一個小時後，葛傑瑞滿臉愧色地回到警局，向局長報告行動結果。他們商妥，向媒體發布消息時絕口不提亞森・羅蘋，如果消息不慎走漏，他們再出來闢謠。

翌日，葛傑瑞又充滿信心地來報，說昨晚在侯爵家過夜、剛剛與侯爵一同乘車出門的那個金髮女孩，並不是克蕊拉，而是先前被抓進來、又被釋放的那位安東妮。

又過了一天，葛傑瑞獲悉這老少二人已前往沃爾尼克莊園。這座莊園過去十五年來的主人是尚・埃爾勒蒙侯爵，根據可靠情報，這回他透過一個外地人，在第二次拍賣中再度買下這座莊園。根據他人描繪的外貌特徵，那個外地人像極了勞爾。

葛傑瑞和局長立刻進行安排……

chapter 21 七月三日四點鐘

「律師奧迪加先生，」安東妮說，「您對我說的話太客氣了，可是……」

「小姐，請別叫我律師奧迪加先生。」

「您不會要我直呼您的名字吧？」她笑著問。

「如果您直接叫我的名字，我會很高興的。」他熱情地回答，「這說明您答應了我的希望。」

「先生，您的這個希望，我不可能這麼快答應，但也不代表我這是拒絕。我來到這裡才四天，我們才剛開始瞭解彼此。」

「小姐，您認爲需要花多久時間才能瞭解我，可以給我確定答覆呢？」

「四年？三年？不算太久吧？」

他比劃出一個很受傷的動作。他明白，這個美麗的女孩很可能永遠也不會答應他。但對他來說，如果有這位美麗女孩的相伴，在沃爾尼克的枯燥生活才可能變得有趣。談話結束了。奧迪加神態嚴肅，略帶慍怒，向安東妮告辭後，走出了莊園。

安東妮獨自一人在廢墟上走了一圈，又回到花園和樹叢裡散步。她輕快地走著，嘴角微微上翹，浮現出平時那種快活的微笑。她穿著嶄新的連身洋裝，戴著寬邊大草帽，一路上唱個不停，一邊採著野花，準備送給尚・埃爾勒蒙侯爵。

侯爵坐在露臺的石凳上等她。他們喜歡坐在這裡聊天曬太陽。侯爵對女孩說：

「妳眞漂亮，再沒有半點擔驚受怕的憔悴模樣了。嗯，可是妳那幾天吃了那麼多苦頭……」

「教父，我們還是別再提這些事了，都是些老故事，我都快記不起來了。」

「那麼，妳現在覺得很幸福？」

「是的，教父，和您在一起，我覺得好幸福……而且是在我喜歡的莊園裡。」

「可是這莊園已不再屬於我們，我們明天就得離開。」

「不，它屬於您，我們不會離開的。」

「妳是說，妳仍然相信那個傢伙？」侯爵揶揄道。

「比任何時候都相信。」

「可是我不信。」

「教父，您其實是相信的，不然，您不會前前後後四次跟我提起——您不相信他。」

「我們只不過是在一個月前隨口訂下這個約會，可是這段期間內發生了這麼多事，妳以爲他還會來嗎？」尙・埃爾勒蒙將雙臂交叉在胸前說道。

「今天就是七月三日了。我被關在警局的時候，他找人遞消息給我，與我再次確認了今天的約會。」

「頂多只是個承諾罷了。」

「可是他的每個承諾，他都會遵守的。」

「這麼說，他四點鐘會準時到？」

「四點鐘準時到。也就是說，再過二十分鐘，他就會到這裡。」

「要不要告訴妳呢？唉，其實，我也同樣對他的現身抱持著不小的希望。信任眞是種奇怪的東西！可是，我們偏偏要信任這樣一個冒險犯難型的人物，他不請自到，主動插手管我的事，而且手法那麼不尋常，惹得警方跑去追捕他。總之，妳讀了最近幾天的報紙了嗎？報上說什麼……那個和妳長得很像的神祕克蕊拉，他的情人、我的房客勞爾先生，似乎就是亞森・羅蘋。可是警方出面否認了，這倒是一反常態，長期以來他們不是都把所有沒法偵破的案子都歸咎到亞森・羅蘋身上，這會兒怕鬧出笑話又說案子與他無關。我們的盟友就是這樣一個人。」尙・埃爾勒蒙侯爵愉快地說出了自己的心情。

「教父，我們必須信任那個來過這兒的人，我們沒辦法不信任他。」安東妮想了一會兒，然後語重心長地說。

「顯然是如此……我承認那傢伙是個厲害角色，也承認他給人的印象的確如此，以至……」

「以至於您還希望可以再見到他，並希望他為您帶來事情的全部眞相……至於他是叫勞爾還是亞森・羅蘋又有什麼關係，只要他讓我們如願就行了。」安東妮變得越來越興奮。侯爵吃驚地望著她，發現她的兩頰現出紅暈，眼神也神采奕奕。

「安東妮，我說一些話，妳不會生氣吧？」

「不會的，教父。」

「那就好，我想如果勞爾先生迫於險峻形勢，無法前來，那麼奧迪加先生是否可以受到更好的對待……」他的話音未落，安東妮的臉就漲得通紅，兩隻眼睛不知該往哪兒望。

「啊，教父，」她盡力擠出笑容，「您淨想些壞主意！」

侯爵站起身。村裡教堂的大鐘輕輕敲響，差五分鐘就要四點。他沿著別墅的前方走到右邊牆角處站住，安東妮跟隨在後。從那裡可以望見莊園入口的角塔，那裡有座低矮拱道，拱道深處以鐵釘加固的實心莊園大門依舊緊閉。

「他會在那兒按響門鈴。」侯爵笑著往下說，「妳讀過《基度山恩仇記》嗎？還記得書裡是怎麼介紹主人公出場嗎？他在世界各地結識了很多朋友，這些人和他約好，等他吃午餐。約會是幾個月前訂下的，但他保證無論旅途中出現什麼不測或意外，他都一定會準時趕到。然後，正午的鐘聲敲響，最後一聲還未落下，管家進來通報：『基度山伯爵先生到。』我們現在在等的這位先生，也同樣讓我們期盼，同樣等得焦急。」

侯爵話音未落，拱道深處的門鈴果眞響起，只見看門女人「噔噔噔」跑下臺階去開門。

「不會是基度山伯爵吧？」尚．埃爾勒蒙侯爵自語著，「難道他提前到了？比起遲到，這並不夠瀟灑啊。」

門打開了。進來的並不是他們預料中的人，而是另一個，此人突然造訪著實讓兩人吃了一驚。來人是葛傑瑞。

「啊！教父……」安東妮兩腿發軟，囁嚅道，「我一直很害怕這個人……他來這裡做什麼？我怕。」

「他爲了誰而來？」尚．埃爾勒蒙也感到莫名其妙、不舒服，「因爲妳？還是因爲我？我們可沒做什麼虧心事。」

安東妮沒有回答。葛傑瑞和看門女人說了幾句話，抬頭望見露臺上的侯爵，便走了過來。他手裡拄著一根鐵質握柄的粗木棍，應該是一根手杖，只見他體態臃腫笨重，模樣粗俗，脖子肥壯，那張向來冷峻的面孔這會兒竟試圖擠出和善和親切。

教堂敲響了四點鐘。

「侯爵先生，我能和您談一談嗎？」葛傑瑞走到露臺上，語調中的尊敬之情顯得過分誇張。

「談什麼？」尚・埃爾勒蒙冷冷地問。

「談……談我們之間的事。」

「什麼事？我們之間的事不早就說完了。你們對我的教女那麼惡劣，我根本不想再繼續和你們打交道。」

「我們之間的事還沒全部說完。」葛傑瑞反駁道，神態又更嚴肅了些，「我們之間的往來還得繼續。這話，我當著局長的面跟您說過，我實在需要向您瞭解一些情況。」

「您把門關上。如果有人敲門，不要開……不管什麼人都不要開，明白嗎？對了，找副大門鑰匙給我。」尚・埃爾勒蒙侯爵轉過身，朝站在三十公尺外拱道裡的看門女人喊道。

安東妮握緊侯爵的手，表示贊同。把門關上，如果勞爾來了，便不會與葛傑瑞發生衝突。看門女人上來將鑰匙交給侯爵後，便轉身退下。大探長則微微一笑，說：「侯爵先生，我看出來了，原來您在期待的是另一個人，而不是我。現在您希望阻止他來，但這麼做也許有點太遲了。」

「先生，我現在心情不好，」尚・埃爾勒蒙侯爵坦白地說，「任何人來，我都不歡迎。」

「也包括我嗎？」

「也包括您，所以我們還是快點談妥，請隨我到書房來吧。」

侯爵領著探長和安東妮穿過院子，正準備走進別墅。可是他們才剛轉過屋角，就發現有位先生坐在露臺的長椅上，好整以暇地抽著菸。侯爵與安東妮當即愣住，停下腳步。葛傑瑞也像他們一樣止住腳步，但神態卻十分鎮定，莫非他早就知道勞爾已經在莊園裡。

勞爾看見他們，便扔掉手中的捲菸，站起身，快活地對侯爵說：「先生，我要提醒您，我們約定的地點是在長凳這裡。剛才四點鐘最後一聲敲響時，我就已經坐在上面了。」

今天的勞爾身穿淺色的旅行套裝，身型勻稱，和顏悅色，風度翩翩，委實讓人生出好感。他摘下帽子，朝安東妮深深鞠了一躬。「小姐，我還要向您致歉，有好幾個粗魯莽撞、辦案草率的傢伙，讓您吃了苦頭。我希望您不會恨我，因爲我的所作所爲完全是爲了侯爵的利益。」

至於葛傑瑞，勞爾一個字也沒問候，故意對大探長視而不見，彷彿他那肥大的身軀隱形了一般。葛傑瑞倒沒說話，表現得很鎮靜，保持著從容神態，一點也不在意這種場面。他在等待事態發展，尚．埃爾勒蒙侯爵和安東妮也在等著。

其實，這齣戲的演員只有一個，就是勞爾。其餘的人只需聽，只需看，只需耐心等待他請自己上場的時機到來。這一切當然令他深感愉快。他喜歡出風頭，喜歡發表演說，尤其在危急時刻、在好戲到了最後一幕的時候。他兩手背在後面，在露臺上走來又走去，忽焉自命不凡忽焉若有所思，忽焉輕鬆忽焉陰沉，一會兒又變得滿面春風。最後他停下腳步，對侯爵說：

「先生，我的確有些猶豫，不知該不該說。確實，我覺得我們的約會是私人性質，現在有外人在場，我們就無法自由自在商討所有要談論的問題。不過，我仔細想了想，好像又不是這麼回事。

我們之間的話確實可以當著所有人的面說，哪怕是當著懷疑您、冒昧前來詢問您的低劣警探面前說也行。因此，我準備如實地說明情況。我的目的只有一個，那就是說明眞相，維護正義。誠實的人是有權抬頭挺胸的……」勞爾停頓了一下。

儘管這是個緊要關頭，儘管安東妮顯得有些不安與慌亂，但她仍設法克制自己，抿緊嘴巴，忍住笑意——勞爾那誇張的語氣，眼睛不易察覺的眨動，以及上翹的嘴唇，還有微微搖晃的上半身，無不帶有一股竭力忍俊的快意，以及一種形勢由衰轉勝之後難以言喻的春風得意。面對危險，他顯得多麼沉著，多麼瀟灑啊！她感覺到他的每一句話字斟句酌，針鋒相對，目的就是爲了干擾對手的判斷力。

「新近發生的事，我們就不用再提了。」勞爾繼續說道，「金髮克蕊拉和安東妮・高提耶這兩位小姐，她們和大塊頭保羅的關係，以及勞爾的所作所爲，勞爾這個完美紳士與葛傑瑞大探長的較量，獲得了壓倒性的優勢……這些問題都已經畫上句號。世上任何強權都別想再讓我們舊事重提。今天我們感興趣的，是沃爾尼克莊園命案，是伊莉莎白・奧爾南的死，是收回侯爵的財產。先生，我前面這些開場白囉嗦了點，希望您不會介意。現在只需要幾句簡短的話就能將這些問題全部解決，這樣您也省得日後再遭受任何人的侮辱或盤問……」

「我沒做什麼可以遭人盤問的事。」侯爵趁他停頓的瞬間，反駁道。

「先生，沃爾尼克莊園的命案，警調當局一點也沒弄清楚。但我確信，他們試圖想在您身上做

文章。他們不知調查該往何處去，所以胡亂希望弄清您在案中扮演的角色。」

「可是我根本就沒扮演什麼角色啊。」

「我當然相信。可是當局不這麼想，他們納悶您和伊莉莎白・奧爾南之間的情人關係，當初爲何祕而不宣？還有這沃爾尼克莊園，您又爲什麼要祕密買下它？您平時並不常來這裡，就算來，也大多在夜裡，這又是爲什麼？尤其，憑著一些給人印象很深刻的證據，現在就有人指控您……」

「有人指控我！這是怎麼一回事，誰指控我，指控我什麼？」侯爵嚇了一跳。他憤怒地質問勞爾，一副突然發現勞爾是準備攻擊自己的冤家對頭似的。他又厲聲問了一次：「我再問一遍，是誰指控我？」

「瓦爾泰克斯。」

「那個強盜？」

「那強盜搜集了很多對您不利的資料，準備指控您。待他的傷一好，就會向司法當局控訴。」安東妮一臉蒼白，惶惶不安。葛傑瑞也撕下他無動於衷的假面具，貪婪地聽著。

「快說……我命令您快說……那混蛋指控我什麼？」侯爵嚇了一跳，激動地問著。

「指控您殺害伊莉莎白・奧爾南。」

此話一出，現場頓時一片沉默。不過，侯爵的表情反倒輕鬆許多，露出自然的笑容，接著便說：「那就請您講個清楚明白吧。」

「先生，您當年認識了本地的一個名叫加修的老牧羊人。這老傢伙頭腦簡單，平時有點瘋癲。您在朱維爾夫婦家作客期間，經常找他聊天。加修老頭有一項過人之處，那就是身手敏捷，只要用彈弓套上石頭一擲，就能擊斃獵物。瓦爾泰克斯指控您收買了牧羊人加修，然後故意請伊莉莎白・奧爾南站到廢墟土臺上唱歌，指使牧羊人趁機用石頭打死她。」勞爾解釋道。

「眞是荒謬！」侯爵不禁大喊起來，「見鬼，我總得有個動機呀！我愛那個女人，爲什麼要雇人殺她？」

「爲了占有那幾串項鍊，她上臺唱歌時交給您保管的項鍊。」

「那些項鍊是假的。」

「是眞的。先生，這就是您舉動裡最讓人不明白的地方。那幾串項鍊，是一位阿根廷的億萬富翁送給伊莉莎白・奧爾南的。」

「胡說！在我之前，伊莉莎白沒愛過任何人。這樣一個女人，我會唆使人把她殺死？我愛這個女人，從未忘記過她。我買下這莊園，難道不是爲了她？爲了紀念她，爲了讓她死難的地方不落到別人手裡？我偶爾來這裡，不就是爲了能在廢墟上爲她祈禱？假如是我要人殺了她，難道會想在心底保留這種可怕的回憶嗎？瞧，這樣的指控有多荒謬！」這下，侯爵忍不住了，身子一挺，勃然大怒地說道。

「答得好，先生！」勞爾搓著雙手讚歎道，「唉，要是二十五天以前，您也這麼激動地回答

我，就可以避免多少不幸的事件啊！我再說一遍，先生，您答得眞好。請您務必相信，瓦爾泰克斯那可惡傢伙的指控，他所搜集的假資料，我個人從沒當眞。至於加修，還有那彈弓的傳說，通通都是笑話。我相信這一切都是敲詐，只不過敲詐手法很巧妙，會給您帶來莫大壓力，我們得小心提防才是。在這種情況下，只有一個辦法，那就是搬出事實眞相，百分之百的眞相。我們今天就把眞相交給當局，反擊他的指控。」

「事實眞相……可是……我不知道。」

「我也不知道。不過事到如今，您只需明確回答我幾個問題，我就可以代您查明眞相了。請問，丟失的那幾串項鍊到底是眞的還是假的？」

「是眞的。」這下，侯爵不再猶豫，明確回答。

「它們屬於您，是不是？您曾經委託一家偵探事務所祕密調查一筆失落的遺產。我記得尙・埃爾勒蒙家族的財產，來自一位在印度當過大富豪的先人，便推測這位先人把巨額財產都換成了珍貴的寶石，是嗎？」

「是的。」

「我還推測，尙・埃爾勒蒙大富豪的繼承人，之所以從不提到這些以寶石做成的項鍊，是爲了規避繼承遺產稅，是嗎？」

「我想是的。」侯爵說。

「所以您把它們借給伊莉莎白・奧爾南佩戴？」

「對。她只要一離婚，就會嫁給我。我愛她，爲她感到驕傲，所以很願意看到她戴那幾串項鍊。」

「她知道它們是眞的嗎？她那天所戴的珠寶全都是您的？」

「那天她戴的首飾，只有一串珍珠項鍊不屬於我，那是我送她的。那串珍珠同樣價值不菲。」

「是您親手交給她的？」

「我要一個珠寶商送去的。」

「先生，您瞧，這瓦爾泰克斯帶來的威脅有多大。他搜到了一份文件，證明那串珍珠屬於他姑姑，光這一點您就吃不消了。這樣一份文件該有多大分量啊！」勞爾提高聲調地說：「現在我們要解決的問題，就是找到那串珍珠項鍊和其他寶石項鍊。我再問您幾個問題，命案發生當天，是您將伊莉莎白・奧爾南領至通往廢墟的坡道下面，是嗎？」

「我領她到稍微上面一點的位置。」

「是的，您領她到桃葉珊瑚樹中間的那條橫路上，從這裡就能看得見，是嗎？」

「是的。」

「有一小段時間，在場的賓客看不見你們。平時，走那段路花不了那麼長的時間吧。」

「是的，可是那天之前，我們已有兩個星期沒私下見面，所以吻了很久。」

「然後呢？」

「然後，因爲她決定唱的那幾首歌風格都很悲傷，她認爲衣著打扮應該樸素些，便想摘下項鍊交給我。我不同意，伊莉莎白也沒再堅持。她目送我離去，當我走到桃葉珊瑚樹的小路盡頭時，她仍一直站在那兒沒動。」

「那她登上廢墟頂部的高臺時，還戴著項鍊嗎？」

「這我不清楚，當時在場的所有客人也都沒注意。直到命案發生後，大家才發現項鍊不見了。」

「好吧。可是瓦爾泰克斯的資料裡卻有相反證詞。他說命案發生當時，伊莉莎白·奧爾南的項鍊已經不見了。」

「也就是說，它們是在伊莉莎白從桃葉珊瑚樹的小路走到廢墟高臺，那一小段時間裡被人搶走的，是嗎？」侯爵接著問。

眾人都沒作聲。過了一會兒，勞爾字句斟酌地說：

「項鍊沒被搶走。」

「什麼，項鍊沒被搶走？那伊莉莎白爲什麼會遭人殺害？」

「伊莉莎白·奧爾南並未遭人殺害。」勞爾下此判斷，頗爲得意。他的快樂從炯炯有神的眼睛裡透了出來。

「什麼？那傷口又怎麼解釋……從來沒人懷疑過這是椿凶殺案，凶手到底是誰？」侯爵神情驚愕，忍不住喊了起來。

勞爾舉起手，伸出食指往上一指，說道：

「英仙座①。」

「什麼？」

「您問我凶手是誰，那我就鄭重回答您，是——英仙座！」

「現在，請隨我到廢墟上看看吧。」勞爾補充地說。

註譯：

①英仙座（Perseus），著名的北天星座之一，位於仙后座、仙女座的東面，由幾顆二到三等的星形成一排有如張開大弓（或說「人」字形）的亮星，它象徵著希臘神話中勇猛威武的宙斯之子——柏修斯。

chapter 22

真正的凶手

尙・埃爾勒蒙並未立刻答應。他仍有些猶豫，看得出內心十分激動。

「這麼說，」他說，「事情馬上就能解決了？……我進行了那麼多調查，因爲無法替伊莉莎白報仇而痛苦！眞的嗎，我們就要知道她的死因眞相了？」

「這個眞相，我已經知道了。」勞爾肯定地回答，「其餘的事，像是丟失的項鍊，我相信可以證實……」

安東妮則毫不遲疑，她明朗的面容已表明自己對勞爾全然信任。她抓起尙・埃爾勒蒙侯爵的手，將自己感受到的愉悅和信任傳達給他。

至於葛傑瑞，他則不由自主繃緊了全身每一塊肌肉，咬緊牙根，氣得牙癢癢，自己費盡千辛萬苦，也進行了那麼多調查，如今案子卻被眼前這個可惡的傢伙給偵破。他既對謎底充滿希望，又害怕對手成功，畢竟勞爾的成功就是他的失敗，將令他十分難堪。

尚・埃爾勒蒙不再猶豫，終於在十五年後再次登上陪同女歌手上高臺演唱的原路。安東妮緊跟著他，後面則是勞爾和葛傑瑞。

四個人之中，最從容的當然是勞爾。他欣喜地看著安東妮走在自己前面，並仔細打量，發現她與克蕊拉仍有些許細微的不同——安東妮的腰肢沒有那麼柔軟，步履沒那麼有起伏，但卻更有節奏、更顯純樸，少了幾分得意卻多了些許自信，少了幾分後天培養的嫵媚，卻多了一些自然的風韻。他明白，他從安東妮步履發現的這些特點，即便是從她的神態和臉龐也能發現相似痕跡。小路上雜草叢生，有兩次她不得不放慢腳步，與勞爾並肩行走。他發現女孩的臉紅撲撲的，儘管兩人一句話也沒交談。

規則式花園往上延伸出一道石梯。侯爵登上石階，來到第二層平臺。平臺左右兩側栽滿了桃葉珊瑚樹。長滿苔蘚的裂碎基座上，擺著一只古老的陶瓷花瓶。他往左走，來到通往廢墟的坡道臺階。勞爾拉著他停下。

「當時，你們就是在這裡接吻親熱的？」

「是的。」

「確切位置是在哪個地方？」

「就在我現在站的地方。」

「從別墅那邊的露臺看得見嗎?」

「看不到。這些年來,這裡的灌木未經剪枝和照料,葉子都掉了。但從前可不是這樣,它們從上到下構成了一道厚厚的屏障。」

「這麼說,當您走到樹籬笆盡頭,轉身回望,伊莉莎白・奧爾南就是站在這裡?」

「是的,我還能清楚記起她的模樣。她送了我一個飛吻,當時的她是那麼熱情而神采奕奕,還有那古老的基座,周圍一片綠色景致。彼時情景,至今仍然歷歷在目。」

「您下了臺階,回到規則式花園後,又再次回頭往上看了她嗎?」

「看了,因爲我想看著她走出這段小路。」

「那您看到她了嗎?」

「並未馬上看到,我在那兒等了一會兒,她才越過樹叢,出現在更高的地方。」

「照理說,她應該要立刻走出樹叢,您應該立刻就能見到她,是嗎?」

「是的。」

勞爾一聽,露出了笑意。

「您在笑什麼?」尙・埃爾勒蒙侯爵不解地問道。

安東妮也將身子轉向他,像在期待大冒險家的回答。

「我之所以笑，是因爲從表面上看案子越複雜，人們的思考也就越複雜，以爲案情必然錯綜難辨，但其實這是犯了不願簡化思考去想問題的迷思。您後來將整個花園搜了一遍，是打算找些什麼呢，項鍊嗎？」

「並不是，既然它們已經被搶走，我也就不再掛念了。我祕密搜查花園是想看看有沒有什麼線索能幫忙查出眞凶。」

「凶案很可能並非因謀財害命而起，這一點您想過嗎？」

「沒想過。」

「葛傑瑞和他的手下也同樣沒這麼想過。人們總不懂得提出眞正的問題，反倒熱中將同一個問錯了的問題，提了又提。」

「那什麼才是眞正的問題？」

「您要我回答的這個問題，眞是幼稚極了——既然伊莉莎白・奧爾南不願戴著項鍊唱歌，難道她不會先將它們暫放到別處嗎？」

「不可能！怎麼可能會把這麼貴重的東西隨便亂丟？要是讓路過的人打了主意，怎麼辦？」

「誰會路過呢？您清楚，她也很清楚，那時所有的人都聚集在別墅那一側的露臺四周。」

「那麼，照您的意思，她是把項鍊放在某個地方？」

「是的，她準備十分鐘後演唱完後，下來再戴。」

「可是命案發生之後，所有人都趕了過來，沒有人在途中看到項鍊啊！」

「是的，那是因爲它們被放在看不見的地方。」

「什麼地方？」

「像是在這個陶瓷花瓶裡。它就在她手邊，當時這只大花瓶和其他陶罐一樣，裡面種了一些厚葉植物，還有性喜陰濕的植物。她只要踮起腳，伸出手，把項鍊放在花瓶的泥土上即可。這個動作很自然，而且只是暫時存放。但後來出於偶發的意外，也由於人們的愚蠢，這份暫時的存放卻變成永久的置放。」

「什麼是永久的……」

「是啊！植物枯萎，葉子脫落，繼而腐爛，形成了一層腐殖土，蓋住了存放的項鍊，花瓶便成了最安全的藏物處。」

尙・埃爾勒蒙侯爵和安東妮都沒作聲，勞爾那從容不迫的自信已徹底震懾住他們。

「您說得跟眞的一樣！」侯爵不可思議地說。

「我說的就是眞的，因爲這是事實，而且很容易證實是否果眞如此。」

侯爵有些遲疑，臉色十分蒼白，站在原地穩住自己好一會兒，最終才做出伊莉莎白・奧爾南當年可能的動作——他踮起腳尖，伸長手臂，往花瓶裡堆積多年而成的濕潤腐殖土摸索，不一會兒，便顫抖著低聲說道：「是的……項鍊在這兒，我摸到了……寶石的表面……還有托座。天哪，只要一想起她當年戴著這些東西的模樣，我心裡就難受！」

侯爵十分激動，簡直無法抑制自己的情緒，幾乎不敢再摸下去。最後，他好不容易才鼓起勇氣將項鍊一條條抽出來，一共五條。儘管上面沾滿了泥垢，可是鮮紅的紅寶石、碧綠的祖母綠、深藍的藍寶石依然晶瑩奪目，那一小塊一小塊的黃金托座也依然閃爍生輝。可是，侯爵突然喃喃地說：「少了一條……本來有六條項鍊才對……」侯爵又再仔細想想，肯定地說：「沒錯，是少了一條，少了我送給她的那串珍珠項鍊……這還眞奇怪？難道那條項鍊在她放在這兒之前，就被偷走了？」

侯爵只是隨意提出這個問題，並不是很在意，因爲在他看來，這個謎似乎已經無法解開。可是，勞爾這時卻將目光望向葛傑瑞。探長心想：「是他……竊走了珍珠項鍊，是他表演了這場巫師戲法，或許在今天早上，甚至是昨天，他就已經將這裡給翻遍，預先把他那份戰利品據爲己有……」

勞爾點點頭，微微笑，似乎在說：「是這樣沒錯，老夥伴，祕密讓你給發現……可是有什麼辦法呢，生活總得要過呀！」

天眞的安東妮並未作任何猜測。她只是忙著幫侯爵將這些寶石項鍊整理、包好。之後，侯爵便拖著勞爾朝廢墟走去。

「往下說吧。」侯爵主動問道，「跟我說說她究竟發生了什麼事。她是怎麼死的，是誰殺了她？她死得那麼慘，我永遠也忘不了，我……一直都很痛苦，我是多想弄清楚這些謎團呀！」

他連聲問著勞爾，好似勞爾掌握了所有事實眞相，好似眞相由一塊布蒙著，隨意就可揭開。彷彿只要勞爾願意，便能讓黑暗充滿光明，便可揭露最隱密的眞相。

他們來到廢墟頂上的平臺，站在伊莉莎白・奧爾南殞命的土丘旁，在那兒可看見別墅的全貌、花園，以及莊園入口處的角塔。

「我爲教父感到欣慰，謝謝您……可是我怕……」安東妮離勞爾很近，她小聲地對他說。

「您怕……」

「是啊，我怕葛傑瑞他……您應該趕緊離開！」

「您說這話眞讓我高興！只是，只要我還未說出所知的全部情況，就不會有任何危險，因爲那正是葛傑瑞最想知道的。您說，在這之前我怎能離開呢？」勞爾溫和地回答著。

勞爾見安東妮放下了心，但侯爵依然揪住他不放，連連發問，他繼而開始自信地長篇大論起來：「命案究竟怎麼發生的？先生，您看，爲了解開這個謎，我的思路與您的思考方向，可說是截然相反。我之所以認爲也許並沒有搶劫項鍊的強盜，是因爲一開始我就推測這或許不是一樁謀財害命的凶案，所以沒有凶手。這種假設是因爲，如果有殺人凶手，不可能沒人看到——光天化日之下，在四十個人面前殺人，不可能逃得過眾人的眼睛。若是開槍射殺，應該聽到槍響；若是棒子打的，應該看到棒子；若是石頭擊的，應該看到投石的動作。然而在場的人什麼也沒見到，什麼也沒聽到。這樣一來，就該往也許並非人爲的方向考慮，奧爾南夫人的死——並非某人的意圖所造成。」

「難道是意外？」侯爵趕緊問。

「沒錯，是意外，而且是偶然因素造成的。偶然的發生往往不受任何限制，所以可以是最異常、最難解釋的狀況。從前我就捲入過一個類似事件。那時要想挽救一個男人的名譽和財產，全都取決於一份文件。而那份文件卻被藏在一個沒有樓梯可爬上去的高塔塔頂。一天早上，有人看見塔樓的外牆吊著一條很長的繩子，線被攬在塔尖上，兩端垂了下來。我發現，那繩子是從一個熱氣球上扔下來的。原來，夜裡有一只熱氣球從那裡飄過，上面的乘客爲了減輕重量，便扔下熱氣球上的器材，然後正好落在塔頂，這樣一來便爲某些人提供了十分方便攀登的機會。眞是個奇蹟，可不是？然而，這大千世界無時無刻不奇妙，無數的偶然造就了奇蹟的發生。」

「您是說……」

「我是說，伊莉莎白・奧爾南的死是由一個物理現象引起的。這個物理現象本身倒稀鬆平常，但置人於死卻極爲罕見。我是在聽了瓦爾泰克斯指控牧羊人加修後，才想到這種假設。他說，伊莉莎白・奧爾南是被加修用彈弓打死的。我卻認爲加修可能不在現場，但伊莉莎白・奧爾南的確是被石子擊中而死。我認爲這是唯一說得通的解釋。」

「您是說，從天上扔下來的石子？」侯爵不無嘲諷地說。

「爲什麼不可能？」

「算了吧！是誰扔的？」

「我親愛的先生，我剛才已經說過了，是英仙座！」

「我求求您，還是說點正經的吧。」侯爵不耐煩地央求道。

「我可是正經得很。」勞爾肯定地說下去，「而且說話絕對有憑據，絕非隨意假設，得出這個結論，我手上可是握有無可爭辯的事實證據。每天，有成百萬上千萬這樣的石頭如流星、隕石、隕星、解體的行星碎片等等，以高速穿過太空，進入大氣層，發熱燃燒，最終落到地球上。這些落到地球上的石子一天可能有好幾噸，光是人們撿到的就有好幾百萬顆，大大小小各種形狀都有。然而，只要其中一枚不偏不倚擊中某個人，那樣的結果就是死亡。這樣的偶然讓人聽了感到恐慌，但並不無可能……」勞爾停頓了一下，又繼續說：「這種流星雨雖然一年到頭都有，但在一些固定時期尤爲頻繁密集。最著名的就是八月份，確切地說，在八月九日至十四日這段期間最有名的就屬英仙座流星雨①，英仙星座也因此極負盛名。每年八月份，英仙座流星雨總是如時而至。我剛才之所以不無幽默地跟您說英仙座是殺人凶手，原因在此。」

勞爾不讓侯爵提出質疑和異議，立刻接著說：

「我手底下有個忠心能幹的人，四天前的夜裡，他翻過圍牆缺口，進到廢墟，在這土丘附近尋找，而昨天和今天早上我也親自來找。」

「找到了？」

「找到了。」

說著，勞爾掏出一顆核桃大小的圓形石子，上面凹凸不平，坑坑疤疤，稜角已經被高溫燒平，表面留下一層黑亮的釉質。

勞爾繼續陳述：

「我相信最初參與調查的警探，一定也看見了這顆隕石，只是他們並不在意罷了。因爲他們設定要找的證物是子彈碎片或某種人爲的投擲物。而在我看來，這顆小小的隕石才是證明事實眞相的有力證物，當然，我還有別的證據。首先，是命案發生的日子，八月十三日剛好是地球從英仙星座底下經過的時期。而我可以告訴你們，這個日子是我首先想到此可能性的第一點理由。

「其次，我還有不可辯駁的證據，不但合情合理，而且是合乎科學原理的證據。昨天，我將這塊石頭帶到維琪，送到一家生化實驗室。科學家在表層發現了碳化的人體纖維組織碎片……是的，人體皮肉碎片，活人身上的細胞。這些細胞一旦接觸了燃燒的隕石隨即碳化，緊緊附著在石頭表面，任歲月的流逝也無法加以銷蝕，所有從隕石中提取出的物質此刻都保存在科學家那兒。他會寫一份正式報告交給您尙・埃爾勒蒙先生，也會交給葛傑瑞先生——如果他對這個結論感興趣的話。」

此時，勞爾才稍稍將身子轉向葛傑瑞：

「再說，這個案子司法當局已經擱置了十五年，再也不會重新審視、偵查，還公眾一個說法眞相。雖然這些年來，葛傑瑞先生曾陸續注意到其中的一些巧合，並且發現侯爵您隱瞞了一些事。但除了瓦爾泰克斯交給他的假證據，他什麼線索也沒有。在這件案子裡，他的表現著實令人同情和悲憐，而且他也沒有堅持下去的勇氣。您說是不是，葛傑瑞先生？」說著，勞爾突然完全轉過身去，直直盯住大探長，好像突然撞見他似的：「我的老夥伴，你看怎麼樣？我的解釋，你覺得站得住腳嗎？是不是符合事實？沒有搶劫，沒有謀殺。這麼一來，便顯得你一點用也沒有，司法當局、警方全成了擺著好看的花瓶。你們陷在這個案子裡，摸索、理頭緒、找子彈碎片均一無所獲，還把那些珍貴的項鍊扔在那兒不管，簡直當它們只是一堆串起來的石頭……十五年後，卻成全了我這樣一個頭腦簡單、古道熱腸的小人物，案子竟讓我給破了？所以我既然已完成差事，現在自然能抬頭挺胸，面帶微笑，心安理得地告辭。再會了，胖傢伙，請代我向葛傑瑞夫人問好，也把破案的事說給她聽吧，她會很開心的，也會更加佩服我；你確實該這麼做，你知道的，這是你欠我的！」

葛傑瑞緩緩地舉起手，就像逮蒼蠅一樣小心翼翼，然後「啪」地一下重重拍在勞爾的肩上。勞爾假裝吃驚地叫道：「什麼，你要幹什麼，就這樣要逮捕我？好傢伙，你還真是膽量過人。怎麼，我幫你解決了難題破了案，你就是拿手銬來感謝我的！如果今天在你面前站的不是一位紳士，而是一個大盜，看你又會是什麼嘴臉德行？」

葛傑瑞一直在咬牙切齒，越來越裝出一副控制全局的大人物派頭，對旁邊的事不屑一顧，對別人會怎麼想怎麼說也一概不管。勞爾愛嘮叨就讓他嘮叨好了……再說，這對自己來說可是占了大便宜啊！勞爾的話，他這個大探長大可好好利用，一字不差記下勞爾的陳述，將這些論據加以判斷取捨，然後只消在腦袋裡重新加工一番，就可把這破案細節全變成自己的功勞。

最後，他捏住一只金屬口哨，不慌不忙地送到嘴邊，吹出一聲尖厲的嘯叫。哨音撞到周圍的山岩，發出了回音，在山谷間此起彼伏地久久迴盪著。

「這麼說，是要來眞的？」勞爾面露驚愕之色。

「你想來眞的嗎？」葛傑瑞傲慢地冷笑道。

「像上次一樣，眞刀眞槍地幹一場？」

「我是沒意見，而且這一次我的時間相當充裕，做足了準備。打從昨天起，我就一直監視莊園的動向。今天早上，我就已經知道你潛藏在這裡面。莊園所有的入口、通往廢墟的左右兩側、連接陡峭崖壁的圍牆，我全都派了人把守。憲兵特警、巴黎來的探員、本地警局的人馬，已全都守在外面。」

此時，莊園入口角塔的門鈴，響了起來。

葛傑瑞宣布：「第一輪進攻開始。等這隊人馬一進入莊園，我就吹響第二聲哨子，展開全面抓捕。如果你企圖逃跑，探員就會把你當狗一樣亂槍打死，這道命令可不是開玩笑的。」

侯爵插話道：「探員先生，沒有我的允許，那些人不能進我的莊園。這位先生與我有約，他是我的客人，他幫了我的忙。我是不會替你們的人開門的。再說，鑰匙在我這裡。」

「侯爵先生，您不開門沒關係，他們會闖進來的！」

「拿什麼闖？撞錘嗎，還是斧頭？」勞爾冷笑著說，「我想如果這麼幹，那麼恐怕天黑也破不了門。天黑後，等他們終於進來，到時看要上哪兒去找我？」

「那就把門炸開！」葛傑瑞吼道。

「莫非你身上帶了炸藥？」說著，勞爾把葛傑瑞拉到一邊，「葛傑瑞，聽我說兩句。根據我過去一個鐘頭的表現，我本來指望我們可以像兩個好盟友，手挽手從這裡走出去。但顯然你不願意，那麼我懇求你放棄進攻計畫，別毀壞這些個充滿歷史意義的大門，也別當著女士的面前侮辱我，我是很希望得到她尊重的。」

「你在嘲弄我？」葛傑瑞白了勞爾一眼。

「葛傑瑞，我哪裡是在嘲弄你。我只是希望你考慮一下眞槍實彈大幹一場的後果。」勞爾大惑不解地說。

「我早就考慮過了。」

「但漏了一條！」

「哪一條？」

「你若執迷不悟，那好，再過兩個月……」

「再過兩個月？」

「我就帶佐塞特出門旅行。」

「那我現在就宰了你！」葛傑瑞一聽，不禁打了個冷顫，臉色頓時憋得通紅，低聲地威脅這可恨的勞爾。

「那就來吧。」勞爾快活地回答。

接著，他又對尚・埃爾勒蒙侯爵說：「先生，我懇求您，陪葛傑瑞先生走一趟，要人將莊園的每一道門都打開。我向您保證一滴血也不會流，我們會和平、體面地解決，紳士之間打交道本該如此。」

至此，尚・埃爾勒蒙侯爵已完全被勞爾所征服，他接受了勞爾的請求，認爲勞爾絕對可以將事情處理得漂漂亮亮。話說回來，這個辦法倒也讓他擺脫了困境。

「妳要一起來嗎，安東妮？」侯爵邊走邊問。

「你也來，勞爾。」葛傑瑞要求道。

「不，我留在這兒。」

「你該不會想趁我去開門時溜走？」

「葛傑瑞，那要看你的運氣了。」

「那，我也留下……我得盯住你。」

「那好啊，我就像上次那樣，把你捆起來，堵住你的嘴，由你選吧。」

「你到底想幹什麼？」

「被捕之前，抽最後一根菸。」

葛傑瑞有點猶豫，不過他有什麼可擔心的呢？莊園已經被包圍了，對手絕不可能逃走。於是他追上了尙・埃爾勒蒙侯爵。

安東妮想跟在他們後面，可是看起來是那麼虛弱，她的臉色發白，內心極爲不安，甚至嘴唇上那微微上翹的微笑也不見了。

「小姐，您怎麼啦？」勞爾溫柔地問道。

「您還是找個地方躲一躲吧……這裡應該有一些安全可靠的地方，可讓您躲藏。」她絕望地懇求勞爾。

「爲什麼要躲？」

「爲什麼？因爲他們要抓您！」

「他們？休想！況且，我馬上就要離開了。」

「可是莊園已經被他們包圍。」

「這無法阻止我離開。」

「他們會殺了您。」

「您這是在爲我擔心，是嗎？先前曾在莊園中對您失禮冒犯的那個人，如果遭遇了不幸，您眞的會為他感傷嗎？不……您別回答我……我們相處的時間雖然不多，僅僅只有幾分鐘，但我卻有許多話要告訴您！」

勞爾並未主動去碰安東妮，她卻下意識地將手伸給他，由他領著，稍稍走遠一些。兩人來到花園的一個死角，這是個從莊園任何角度都看不到的地方——在古堡主塔殘留的一大面牆和一大堆殘磚碎石之間，有一塊大約十公尺見方的空地，前面是一道以石頭壘成的矮牆，底下便是懸崖絕壁。這處地點的形狀就像一間單獨的房子，寬大窗戶面朝著一片起伏有致的原野，窗下就是萬丈深淵，而湍急的江流不斷奔騰而過，甚是壯闊……

「我不知道接下來會發生什麼事，可是我不再害怕了，我替尙・埃爾勒蒙先生感謝您，正如您上次所提議的，他會保住莊園的，對嗎？」安東妮開口說話，聲音稍稍平靜了些。

「是的。」

「另外有一件事……我想弄清楚。只有您能給我答案……尙・埃爾勒蒙先生是我的父親嗎？」

「是的。您母親寫給他的信，就是您轉交給他的那一封，我看到了。那封信裡說得很明白。」

「我其實已經知道眞相，只是沒有證據，這樣一來我們之間的關係不免會受到些許束縛。我很高興能確認此事，這樣我就可以盡兒女的義務去守護他老人家了。他也是克蕊拉的父親，對嗎？」

「是的，克蕊拉是妳同父異母的姐妹……」

「我會告訴他。」

「我想他已經猜出來了。」

「我想還沒有。不管怎麼樣，他怎麼待我，我希望他也怎麼待她。有一天，我會見到克蕊拉的，是嗎？如果她願意寫信給我……」

話語之間，安東妮顯得很眞誠，既不誇張，也不過於正經。她的嘴角又再次翹了起來，流露出一如既往的迷人微笑。勞爾就像被電到一般，木怔怔地不禁直盯著女孩的美麗嘴唇。

「您很愛她，是嗎？」安東妮喃喃地問道。

「我是因爲有了對您的記憶，才會愛上她。我甚至爲這份回憶無法一直延續而懊惱。我愛她，是因爲邂逅了那個初到巴黎、誤闖我家的女孩。那個女孩有種讓人難以忘懷的微笑，還散發出一股特殊的氣質，打從一開始就教我怦然心動——從那之後，我一直追求的就是它們。我原以爲妳們是同一個人，叫安東妮也好，叫克蕊拉也好，都不重要，可是後來我才知道妳們是兩個人。我心中那個美麗的形象，就是我愛戀的形象，就是愛的本身……而您絕不可能從我心中收回這份形象……」勞爾深情地望著她，輕輕吐露了這番話。

「天哪！」她紅著臉大喊起來，「您怎麼可以對我說這些話？」

「我一定要說，因爲今後我們不該再見面了。出於偶然，妳們的容貌如此相似，這便註定妳我將綁在一起。自從我愛上克蕊拉的那一刻，也等於愛上了您，我對她的愛慕中，無不糅合著對您的好感、對您的喜愛……」

「您走吧，我求求您。」安東妮慌亂了起來，她並不試圖掩飾這份心情，只是喃喃地說。

勞爾朝面前的護牆走了一步。

「不、不，別走這邊！」安東妮嚇呆了。

「沒有別的出口。」

「可是這邊太危險了，我不希望您走這邊。不、不行，我求求您。」安東妮一想到勞爾即將冒的危險，頓時臉色大變，神情驚恐慌亂，流露出她的不捨——她不能讓他冒這個險。

然而，此時已從別墅或花園那邊傳來一聲聲呼喊。葛傑瑞和他的手下就要朝廢墟的方向過來。

「留下吧……留下吧……」安東妮焦急地說，「我會救您的……啊，這麼做太危險了！」

此時，勞爾已經一腿跨過了矮牆。

「安東妮，別怕……我已經檢查過這裡的峭壁了，我應該不是第一個冒險從這裡上下的。我向您保證，這對我來說只是小意思。」

安東妮聽勞爾說自己辦得到，便逐漸抑制自己慌亂的情緒。

「對我笑笑吧，安東妮。」

她勉強笑了一下。

「啊！」勞爾說，「有您這甜美的微笑爲我護航，我怎麼可能會出事呢？安東妮，請放心。請把您的手伸給我，保護我。」

她站在他面前，向他伸出了手。可是勞爾才剛要吻上，她又縮了手，轉過身去。她猶豫不決，垂著眼簾不知該如何是好。最後她下定決心，將身子靠過去，嘴唇湊近勞爾。

這個舉動如此純眞，充滿了可愛的稚氣，勞爾發現她似乎以爲這只是兄妹之情的表達；但這裡面其實帶有一股衝動，只是她還不明白更深層的意義罷了。他輕輕碰了碰那兩片溫軟含笑的嘴唇，感受著少女純潔的氣息。

安東妮爲自己的衝動感到吃驚，於是直起身子，晃了兩下，喃喃地說：「走吧，我不再擔心了。走吧，我不會忘記的……」

說完，她扭頭轉身，朝花園走去。她沒有勇氣望向深淵，更不敢看著勞爾摳著凹凸不平的絕壁表面往下爬。她一邊聽著那些越來越逼近的粗魯叫喊聲，一邊等待勞爾發來安全抵達的信號。但她並不十分擔心，她堅信勞爾一定會成功。

平臺下面，開始跑來一些人影。他們彎著腰，砍倒小灌木。

「安東妮！安東妮！」侯爵喚道。

幾分鐘過去了，安東妮的心仍揪得緊緊的。這時，山谷下傳來汽車的轟鳴聲，還有一聲歡快的汽車喇叭激起的層層回音。

而她那甜美的微笑卻頓然消失，換來的是一臉憂傷。她的雙眼噙滿淚水，喃喃地唸著：「永別了……永別了……」

＊　＊　＊

克蕊拉在二十公里外的地方焦急等待著。她一見到勞爾，便激動撲了過來：

「你見到她了？」

「妳應該先問我是不是見到葛傑瑞了，」勞爾笑著說，「應該問我如何逃脫他那恐怖的包圍。呼，還眞險，不過我總是能漂漂亮亮幹一場。」

「那她呢？跟我說說她……」

「我找回了項鍊，找到了隕石……」

「可是她呢，你見到她了？老實跟我說吧。」

「妳說誰？哦，安東妮・高提耶嗎……是的，她在那兒，我是偶然情況下碰見她的。」

「你跟她說話了？」

「沒有，是她跟我說話了。」

「說什麼？」

「嗯……說妳，談論妳。她猜出，妳是她的姐妹，希望能見到妳……」

「她和我像嗎？」

「像……不像……總之，大致上是像的。親愛的，我再仔細跟妳說。」

可是她卻什麼也不讓他說，反倒在汽車開往西班牙的一路上，不時地向他提問：「她很美，是嗎？比我美，或是我比她美？有些土氣吧，我想一定是。」

勞爾盡力回答，不過有時還是有些心不在焉。他一想到逃脫了葛傑瑞的圍捕，心裡就有說不出的高興。確實，好運總是格外眷顧他。這次傳奇般的逃跑，從千仞絕壁爬下來，他確實未事先做任何準備，因爲他並不知道葛傑瑞會來那一招。當然，這樣也就更精彩！而那帶著清純微笑的少女獻給他的一吻，是多麼甜蜜的獎賞啊！

「安東妮……安東妮……」他在心底連聲呼喚。

* * *

瓦爾泰克斯本來已經宣布要揭發侯爵的驚世罪行，但到頭來又突然改變了主意。有道是，陷害別人不成，自己反遭報應。葛傑瑞掌握了他參與兩起殺人案的確鑿罪證！瓦爾泰克斯，又名大塊頭保羅，就是那兩樁凶案的罪魁禍首。這個無賴強盜，畏罪，發了瘋。一天早晨，有人發現他上吊死了。

至於阿拉伯人，他也沒領到告密的賞金。做爲兩起凶案的共犯，他被判服苦役。後來他企圖逃跑，當場遭到擊斃。

＊　＊　＊

也許接下來這一筆，記錄得有些多餘。可是三個月之後，佐塞特眞的離家出走半個月，然後又回到家，卻未向葛傑瑞解釋半句。

「現在就做決定，」她對葛傑瑞說，「你還要我嗎？」

佐塞特這次從外面回來，比過去任何時候都更迷人。兩隻眼睛炯炯有神，那是一種源自內心的快活高興。葛傑瑞見到煥然一新的妻子，開心得不得了，張開雙臂迎接她，連聲請求原諒。

還有件事値得注意，應該提一提。幾個月之後，約莫是奧爾佳王后和國王離開巴黎、回國之後半年，一天，這個位在多瑙河畔的波羅斯蒂里王國，境內所有大鐘齊敲響，宣告一個重大喜訊。在盼望十年之後，眼看生子無望的奧爾佳王后爲王國生下了一名繼承人。

國王出現在陽臺上，抱著嬰兒，讓狂歡的臣民瞻仰小王子。陛下高興極了，這股自豪既合法，又合情合理，王室家族的前途從此確保無虞……

註釋：

①英仙座流星雨（Perseids），是以英仙座γ星附近為輻射點出現的流星雨，最早的觀測紀錄為西元三六年。每年在七月二十日～八月二十日前後出現，於八月十三日達到高潮；高潮時平均一小時可出現五十～六十個流星，高潮前後數日每小時也可出現十個以上。這可說是夏季最容易觀測的流星雨之一。

國家圖書館出版品預行編目資料

兩種微笑的女人／莫里斯・盧布朗（Maurice Leblanc）著；高杰譯.
—— 初版. ——臺中市　：好讀, 2011.10
面：　公分，——（典藏經典；42）

譯自：La Femme aux deux sourires

ISBN 978-986-178-208-9（平裝）

876.57　　　　100017058

好讀出版

典藏經典42

兩種微笑的女人

原　　著／莫里斯・盧布朗
翻　　譯／高杰
總 編 輯／鄧茵茵
文字編輯／簡伊婕
美術編輯／許志忠
行銷企畫／劉恩綺
發 行 所／好讀出版有限公司
台中市407西屯區工業30路1號
台中市407西屯區大有街13號（編輯部）
TEL：04-23157795　FAX：04-23144188
http://howdo.morningstar.com.tw
（如對本書編輯或內容有意見，請來電或上網告訴我們）
法律顧問 陳思成律師

填寫線上讀者回函
獲得更多好讀資訊

總經銷／知己圖書股份有限公司
106台北市大安區辛亥路一段30號9樓
TEL：02-23672044　23672047 FAX：02-23635741
407台中市西屯區工業30路1號1樓
TEL：04-23595819　FAX：04-23595493
E-mail：service@morningstar.com.tw
網路書店 http://www.morningstar.com.tw
讀者專線：04-23595819 # 230
郵政劃撥 ：15060393（知己圖書股份有限公司）
印刷／上好印刷股份有限公司

初版／西元2011年10月15日
初版四刷／西元2020年04月01日
定價：270元
如有破損或裝訂錯誤，請寄回知己圖書更換

Published by How-Do Publishing Co., Ltd.
2020 Printed in Taiwan

ISBN　978-986-178-208-9